도스토옙스키를
쓰다

큰 글씨 책

슈테판 츠바이크 평전시리즈 2

도스토옙스키를 쓰다

초판 1쇄 인쇄 2020년 2월 26일
초판 1쇄 발행 2020년 3월 5일
-
지은이 슈테판 츠바이크
옮긴이 원당희
펴낸이 이방원
편집 김명희·안효희·윤원진·정우경·송원빈·최선희
디자인 양혜진·박혜옥·손경화
영업 최성수 **기획·마케팅** 정조연 **업무지원** 김경미
-
펴낸곳 세창미디어
출판신고 2013년 1월 4일 제312-2013-000002호
주소 03735 서울특별시 서대문구 경기대로 88 냉천빌딩 4층
전화 02-723-8660 | 팩스 02-720-4579
이메일 edit@sechangpub.co.kr | 홈페이지 http://www.sechangpub.co.kr
-
ISBN 978-89-5586-587-5 03850

이 도서의 국립중앙도서관 출판시도서목록(CIP)은 서지정보유통지원시스템 홈페이지(http://seoji.nl.
go.kr)와 국가자료공동목록시스템(http://www.nl.go.kr/kolisnet)에서 이용하실 수 있습니다.
(CIP 제어번호: 2020006991)

STEFAN

도스토옙스키를 쓰다

ZWEIG

슈테판 츠바이크 평전시리즈 2

원당희 옮김

세창미디어 MEDIA

Fyodor Mikhailovich Dostoevskii

도스토옙스키

1821~1881

네가 완결할 수 없다는 것이
너를 위대하게 만든다.

괴테의 《서동시집》

CONTENTS

공감共感   009

얼굴   017

삶의 비극   021

운명의 의미   053

도스토옙스키의 작중 인물들   085

사실주의와 환상   121

건축술과 열정   153

한계의 초월자   179

신에 대한 고뇌   203

삶의 승리   231

공감共感

　도스토옙스키와 우리의 내면세계에 미친 그의 의미에 관해 가치평가를 내리는 것은 어렵고도 책임이 뒤따르는 일이다. 왜냐하면 이 독보적 존재가 보여주는 능력의 폭과 힘은 새로운 가치기준을 요구하기 때문이다.

　도스토옙스키를 처음 접하는 사람은 일견 탄탄한 작품, 걸출한 작가를 만났다고 생각할지 모르지만, 곧 무한한 경지, 여러 자전하는 유성들에 싸여서 색다른 음색을 내는 하나의 우주를 발견하게 된다. 일찍이 그 세계를 바닥까지 경험했던 감각은 무기력해지고, 그 마력은 첫 인식 때와는 사뭇 달라진다. 그것에 대한 사고는 한없이 먼 구름에 휩싸이는가 하면, 그것이 주는 복음은 영혼이 새로운 하늘을 고향의 하늘인 양 직접 올려다 볼 수 없을 만큼 아주 낯설어진다. 도스토옙스키는 내면에서 체험하지 않는다면 전혀 이해될 수 없는 그런 작가인 것이다.

가장 깊숙한 곳, 우리 존재의 영원하고 뿌리와 같은 곳에서만 우리는 도스토옙스키와 관계하기를 희망한다. 그도 그럴 것이 저 러시아의 경관을 외지인이 바라보면 너무나 낯설고, 그 세계는 그의 고향의 황량한 초원처럼 길도 없는, 그야말로 우리의 세계와는 너무나 판이한 세계이기 때문이다. 그곳에는 따사로운 눈길이라곤 전혀 없으며, 조용히 쉴 시간조차 없다. 감정의 신비로운 여명은 번뜩거리며 냉혹한, 때로는 얼음같이 차가운 정신의 명료함으로 바뀐다. 따사로운 햇빛 대신 비밀스런 핏빛 극광이 하늘에서 불타오른다. 도스토옙스키의 영토에 발을 디디면 원초세계의 경관, 신비로움이 문을 여는데, 태고의 분위기인 동시에 처녀지처럼 새로워서 영원한 자연을 눈앞에서 대면하듯 달콤한 전율이 우리의 뇌리를 두드린다. 어느새 경이로움이 감도는 듯도 하지만, 놀란 심장은 여기가 영원히 안식처가 될 수 없으며 좀더 따뜻하고 호의적인, 그러나 밀폐된 문명세계로 돌아와야 한다고 경고한다.

우리는 이 견고한 풍경이 범인의 눈에는 너무 크고, 너무 강하다고 부끄럽게 느낀다. 얼음처럼 차갑다가 뜨겁게 달궈지는 대기는 우리의 떨리는 가슴을 짓누른다. 그런데 저 무시무시한 공포로부터 우리의 영혼이 달아나려 할지라도, 이 비정하고 지극히 세속적인 풍경 위에는 선善의 무한한 하늘이 밝게 펼쳐져 있지는 않을까?

우리가 바라보는 하늘은 그렇지만 우리의 부드러운 영역에서보다는 저 날카로운 정신의 냉혹함 속에서 더 높게 무한히 펼쳐져 있는 것인지 모른다. 이런 풍경으로부터 하늘을 호의적인 눈으로 우러러볼 때에야 비로소 이 지상의 끝없는 슬픔에 대한 크나큰 위안을 감지하게 된다. 그제야 비로소 공포에서 위대성을, 어둠 속에서 신을 예감하게 된다.

신의 최종적 의미를 우러르는 그런 눈빛만이 도스토옙스키의 작품에 대한 우리의 경외심을 뜨거운 사랑으로 바꿀 수 있다. 그의 본질을 꿰뚫어보려는 내면적 통찰만이 가까운 형제애, 저 러시아인의 지극히 인간적인 측면을 명백히 할 수 있다. 그러나 이 놀라운 인간의 가슴속 깊숙이 파고드는 것은 얼마나 멀고 힘든 일인가. 그 폭은 한량없이 넓고, 그 먼 길은 무서움으로 가득 차 있다. 그의 이런 독특한 작품은 같은 잣대로 잰다 해도 우리가 무한한 폭으로부터 무한한 깊이로 뚫고 들어가고자 애쓰는 것보다 더 비밀스럽다. 그럴 수밖에 없는 것이 작품은 곳곳마다 비밀로 채워져 있기 때문이다.

형상화된 그의 인물마다 그들이 파 놓은 갱도가 이 세상의 마적魔的 심연으로 떨어져 내린다. 그의 작품의 모든 벽, 그의 인물들의 얼굴 뒤에는 영원한 밤이 깃들어 있고, 영원한 광채가 빛을 발한다. 도스토옙스키는 삶의 규정과 운명의 형상화를 통하여 존재의 온갖 신비와 철저히 밀착해 있기 때문이다. 죽음과 광기, 꿈과 명료한 현실 사이에 그의 세계가 위치한다. 그 자신의 사적 문제는 도처에서 드러나듯 인류의 수수께끼에 가까운데, 그의 개별적 단면들은 인간, 시인, 러시아인, 정치가, 예언자로서 무한성을 반영한다. 요컨대 도스토옙스키라는 인간 본질은 도처에서 영원한 의미를 지니며 빛을 발한다. 끝을 향하는 길은 하나도 없으며, 어떤 물음도 그의 가슴속 깊은 심연에는 닿지 못한다. 오로지 감동만이 그와 가까워질 수 있으며, 그 감동마저도 고개를 숙이듯 겸손해야 한다. 이 역시 인간의 신비에 대한 그 자신의 경외심에 비하면 하찮은 것이다.

도스토옙스키라는 사람은 한 번도 우리를 돕겠다고 손을 내민 적이 없었다. 우리 시대의 다른 천재들은 그들의 의지를 명백히 표명했었다. 바그너는 그의 작품 옆에 체계적인 해설과 논쟁에서 이기기 위한 변론을 달았다. 톨스토이는 그의 일상생활을 공개했는데, 이는 사람들의 호기심을 풀어주고 어떤 질문에든 대답하기 위함이었다. 그러나 도스토옙스키는 그의 완성된 작품 이외에 다른 곳에서는 자신의 의도를 밝히지 않았다. 그는 창조의 뜨거운 열정으로 사전에 의도된 계획들을 태워버렸다. 평생 그는 말이 없고 수줍음을 탔는데, 외모나 신체적 특징 등도 정확히 입증된 바 없었다. 친구라곤 소년 시절에나 있었고, 성년이 돼서는 외톨이로 지냈다. 그러면서 인간에 대한 사랑이 약해지는 것 같았고, 주로 자신에게만 몰두하는 듯 보였다.

그의 편지들 역시 자기생존에 대한 궁핍, 고문당한 신체의 고통만을 드러내고 있는데, 그 내용이래야 탄식 아니면 구조요청에 불과하고, 편지의 대부분은 입을 꽉 다물고 있다. 상당 세월, 그의 유년기는 온통 어둠에 가려져 있다. 그럼에도 오늘날 우리 시대의 많은 사람들이 그의 눈빛이 타오르고 있음을 본 바 있는데, 도스토옙스키는 인간적으로 고결한 정신적인 어떤 존재, 하나의 전설, 영웅, 성자가 되었다. 한때 진리와 예감의 희미한 여명은 호머, 단테, 셰익스피어의 숭고한 모습에 깃들어 있었지만,

이제 그 여명은 우리에게 도스토옙스키의 모습 역시도 탈속적인 것으로 만들고 있다. 그의 운명은 문서가 아니라 그를 알고자 하는 사랑으로부터만 형상화될 수 있다.

그러므로 우리는 안내자 없이 홀로 이 미로의 심장부로 내려가 아리아드네의 실, 삶에 대한 열정의 실타래에서 풀려지고 있는 영혼의 줄을 더듬더듬 찾아내야 한다. 우리가 깊숙이 그 내부로 침잠하면 침잠할수록, 우리는 더욱 우리 자신을 느낄 수 있기 때문이다. 우리는 우리 자신의 참된 인간적 본질에 이르러야만 도스토옙스키에게 접근하게 된다. 자기 자신을 잘 아는 사람은 그 누구도 해내지 못한 인류의 최종적 기준이라 할 도스토옙스키에 대해 많은 것을 알 수 있다. 그의 작품에 이르는 길은 정열의 연옥, 패륜의 지옥을 거쳐 현세에서 맛보는 온갖 고통의 계단을 지나간다. 현세적 고통이란 인간의 고통, 인류의 고통, 예술가의 고통, 그리고 종국적으로 가장 잔혹한 신에 대한 고뇌이다.

길은 어두컴컴한데, 그 미로를 헤매지 않도록 우리 가슴은 열정과 진리에 대한 의지로 뜨거워져야만 한다. 우리가 이 위대한 작가의 깊은 내면세계로 몰입하기 전, 먼저 우리는 우리 자신의 내면을 깊이 성찰해야만 한다. 그는 결코 전령을 우리에게 보내지 않는다. 그에게 이르는 길은 오직 체험뿐이다. 그리고 예술가의 육체와 정신의 신비한 삼위일체, 즉 그의 얼굴, 운명, 그의 작품 외에는 어떤 것도 그의 증인이 될 수 없다.

얼굴

그의 얼굴은 우선 농부의 모습처럼 보인다. 누르스름한 점토 빛깔의 우묵한 뺨은 거의 더러워 보일 정도로 주름져 있었다. 피부는 수년간의 통증으로 패이고 바싹 그을렸으며, 여기저기 갈라져 있었다. 이는 20년간의 숙환이라는 흡혈귀가 혈액과 피부색을 빼앗아 버렸기 때문이다. 좌우 양쪽 볼에는 슬라브족 특유의 억센 광대뼈가 불거져 나와 있고, 꽉 다문 입과 연약해 보이는 턱 언저리에는 덥수룩한 수염이 뒤덮고 있었다. 그야말로 흙, 바위, 숲이 연출하는 비극적 원시풍경, 이것이 도스토옙스키 얼굴이 지닌 깊이이다.

모든 면이 어둡고 세속적이다. 농부, 아니 거지에

가까운 그의 얼굴에서 잘 생긴 곳이라곤 찾아볼 수가 없다. 마르고 창백하며, 윤기 없이 어두운 그림자로 덮여 있어서 러시아 초원의 일부가 바위 지역에서 뿔뿔이 흩어지는 형상이다. 움푹 들어간 두 눈조차 협곡에 갇힌 채 점토처럼 무른 얼굴을 비출 수 없다. 그럴 수밖에 없는 것이 무뚝뚝한 눈빛이 밖을 향해 환하게 빛나지 않기 때문이다. 말하자면 날카로운 눈빛은 밖으로가 아니라 혈관 내부로 파고들어 불타오르는 것이다. 그가 눈을 감기라도 하면, 곧 얼굴 위로 죽음이 몰려오는 듯하다. 그리고 방금까지 연약한 얼굴 형태를 결집시키던 신경의 초긴장 상태는 감각 없는 무기력으로까지 떨어진다.

그의 작품처럼 도스토옙스키의 얼굴은 온갖 감정의 윤무가 자아내는 공포를 우선 불러일으키는데, 수줍은 듯 망설이던 모습은 이어 열정적으로 황홀과 경탄으로 바뀐다. 그의 얼굴의 세속적이고 육체적인 초라함은 우울하지만, 고귀한 자연의 비애에 젖어 희미하게 드러나고 있기 때문이다. 그러나 농부의 좁은 얼굴 위로는 돌출한 둥근 이마가 작은 궁형 지붕처럼 하얗게 빛을 내며 서 있다. 어쩌면 정신의 아치가 그림자와 어둠으로부터 단련되어 반짝이며 솟구치는 것인지 모른다. 육체의 무른 점토와 털의 황량한 숲 위로 견고한 대리석이 버티고 있는 식이다. 모든 빛은 도스토옙스키의 얼굴에서 위로 흐르며, 따라서 그의 얼굴을 보는 사람은 늘 그의 이마가 널찍하고 제왕의 그것처럼 당당하다고 느낀다. 반면 그의 이마가 점점 더 밝게 빛나고 넓어지는 것처럼 보일수록, 병든 그의 늙은 얼굴은 점점 더 여위고 초췌해진다.

하늘처럼 그의 이마는 허약하고 무기력한 육체 위에 높고 확고하게 자리한다. 그것은 현세의 슬픔을 이겨낸 정신의 영광이다. 그리고 정신적 승리의 이성스러운 이마는 임종의 자리에서 가장 찬란하게 빛을 발했다. 임종 시 그의 눈꺼풀은 흐려진 두 눈 위로 축 늘어졌는데, 창백한 두 손은 십자가를 꼭 쥐고 있었다(전에 어느 농부의 아내가 감옥에 복역 중이던 그에게 준 작고 볼품없는 나무십자가를). 이때 그의 이마는 밤의 나라를 제압하는 아침햇살처럼 생명을 잃은 그의 얼굴을 비춘다. 그의 모든 작품과도 같이 그의 이마는 이 광채를 통하여 정신과 믿음이 우울하고 비속한 육체적 삶에서 자신을 구원했다는 복음을 전한다. 도스토옙스키의 최종적 위대성은 늘 이 최종적 깊이에 있다. 그 어느 때보다도 죽음에 이른 얼굴이 더욱 강렬하게 말하고 있는 것이다.

삶의 비극

도스토옙스키의 경우 우리의 첫 인상은 늘 공포이며, 그다음에야 비로소 그의 위대성이다. 그의 운명 역시 얼핏 보면 농부 같고 비범함이라곤 없는 그의 얼굴처럼 대단히 비속해 보인다. 우선 그의 얼굴은 고통으로 일그러져 있는 것처럼 느껴지는데, 60년이란 세월은 온갖 고통의 수단으로 그의 허약한 육체를 고문했기 때문이다. 궁핍이라는 줄칼은 그의 청춘과 노년의 단맛을 빼앗고, 육체적 고통의 톱날은 그의 뼈마디를 갈았으며, 결핍이라는 나사는 그의 자율신경까지 파고든다. 그런가 하면 신경의 타오르는 전깃줄은 끊임없이 사지를 경련으로 괴롭히며, 쾌락이라는 예민한 가시는 지칠 줄 모르고 그의 정열을 자극한다. 도무지 고통과 고문이 그치질 않았는데, 이루 말할 수 없는 잔혹함과 광포한 적개심이 일단 그의 운명처럼 다가선다.

돌이켜 보면 우리는 그의 운명이 영원한 것을 조각하려 했기에 쇠망치가 될 때까지 혹독하게 단련되었으며, 그래서 그의 운명이 그렇게나 강렬했다는 것을 이해하게 된다. 그 무엇으로도 한계를 측량할 수 없을 지경인데, 그의 삶의 행로는 19세기의 다른 모든 작가들이 시민으로서 걸어간 순탄한 넓은 포장도로와 전혀 닮은 점이 없다. 여기서 우리는 가장 강렬해지고자 스스로 시험하는 어두운 운명의 신의 욕망을 항상 느끼곤 한다. 도스토옙스키의 운명은 구약성서처럼 영웅적이며 근래의 시민적인 어떤 것이 전혀 아니다. 그는 야곱처럼 천사와 영원히 씨름하지 않을 수 없었다. 영원히 신에게 반항하며, 수난자 욥처럼 영원히 굴종해야 했다. 안정을 누릴 틈이 전혀 없었고, 태만할 수도 없었다. 그를 사랑하기에 형벌을 주는 신을 늘 감지할 수밖에 없었다.

그는 영원한 길을 가기 위해 한순간도 행복감에 빠져서는 안 된다. 간혹 그의 운명을 지배하던 악마는 그가 분노를 터트리면 멈추고, 다른 사람들처럼 평범한 길을 가도록 허락하는 것처럼 보인다. 하지만 언제나 다시 무시무시한 손을 뻗어서 그를 숲으로, 그것도 불타는 가시덤불 속으로 밀쳐 버린다. 그가 높이 내던져진다면, 이는 그를 더 깊은 심연으로 떨어지게 하는 것이며, 그에게 황홀과 절망을 알게 하려는 것이다. 그는 다른 사람들 같으면 환락에 젖어 힘없이 무너질, 그런 소망의 높이까지 올라간다. 그는 다른 사람들 같으면 아픔으로 무너지는, 그런 고통의 나락으로 던져진다. 운명은 바로 욥에게 했던 것처럼 가장 안정을 누리는 순간 그를 내팽개친다. 처자식을 빼앗고, 병으로 괴롭히며, 그를 멸시한다. 이는 그가 신에게 대드는 것을 중단치 않고 끊임없이 분노와 희망을 통해 이겨 나가게 하려는 것이다. 마치 이 미온적인 사람들의 시대가 우리 세계의 쾌락과 고통 속에서도 어떤 거인적 척도가 가능한지 보여주기 위해 이 한 사람을 님겨둔 듯하다.

도스토옙스키 자신도 자신에게 부과된 이 대단한 의지를 어렴풋이나마 감지한 것처럼 보인다. 왜냐하면 그는 한 번도 자신의 운명에 저항하거나 주먹질조차 해보지 않았기 때문이다. 다친 육체는 경련을 일으키며 벌떡 일어서곤 했는데, 그의 편지를 보면 가끔 피를 토할 듯이 처절한 절규가 터져 나온다. 그럼에도 불구하고 정신, 믿음이 이 반란을 제압하곤 했다. 그는 비극적 운명이 가져오는 결실을 감지한다. 자신의 고통을 통해 그 고통을 사랑하게 되며, 고통을 알고자 하는 열기로 그의 시대, 그의 세계를 불태운다. 그의 삶은 세 번이나 높이 날아올랐으나, 세 번 다시 아래로 곤두박질치고 말았다. 일찍이 명성이라는 달콤한 음식도 맛보았다. 즉, 첫 작품으로 당장 명성을 얻게 되었다. 그러나 매서운 발톱이 삽시간에 그를 낚아채 무명의 상태, 시베리아의 강제 수용소 카토르가로 집어던져 버렸다.

그는 좀 더 힘차고 용기 있는 사람이 되어 다시 부

상한다. 《죽음의 집의 기록》은 러시아를 흥분의 도가니로 몰아넣었다. 황제까지도 이 책을 눈물로 적셨고, 러시아의 젊은이들은 그에 대한 애정을 불태웠다. 도스토옙스키는 잡지 또한 출간했는데, 그의 음성은 전 민족을 향해 울려 퍼졌다. 이즈음 그의 첫 장편소설들이 쓰였다. 그러나 그의 경제적 상황은 급격히 악화되었다. 빚과 갖가지 생활고로 말미암아 러시아 밖으로 내몰리는 신세가 되고 말았다. 게다가 병마가 그의 살점을 삼키고 있었다. 유랑민처럼 그는 유럽 전역을 떠돌며 이제 자신의 모국으로부터 잊혀졌다. 하지만 노동과 결핍의 세월이 몇 년 계속된 뒤 세 번째로 그는 이 비참한 빈곤의 잿빛 하천으로부터 다시 떠오른다.

푸시킨 기념 연설문은 도스토옙스키가 제1의 작가, 조국의 예언가임을 증명해주었다. 이제 그의 명성은 지울 수 없는 확고한 것이 되었다. 그러나 바로 이때 강철로 만들어진 운명의 손이 그를 때려눕힌다. 전 러시아 민중의 열광은 그의 죽음 앞에서 물거품이 되고 말았다. 운명은 더 이상 그를 필요로 하지 않았고, 무섭도록 현명한 의지는 모든 것을 이루었다. 도스토옙스키라는 존재로부터 정신의 열매가 지닌 최상의 것을 얻어낸 것이다. 운명은 육체라는 빈 껍질을 가차 없이 던져버렸다.

도스토옙스키의 삶은 이 의미심장한 잔인성을 통하여 예술작품이 되고, 그의 전기는 비극이 되어 버린다. 그의 예술작품은 경이로운 상징성에 따라 그가 처한 운명의 전형적 형식을 받아들인다. 그의 경우 인생의 시작부터 이미 상징이다. 표도르 미하일로비치 도스토옙스키는 빈민구제소에서 태어났다. 첫 순간부터 벌써 그의 존재의 자리가 변두리 어딘가에, 인생의 바닥 근처 멸시 받는 자들 사이에, 그렇지만 인간의 운명 한가운데 고통과 죽음이 이웃하는 어딘가에 지정되어 있었다.

그는 최후의 순간까지도 그를 묶고 있던 이런 띠에서 풀려나지 못했다(그는 노동자 거주지 5층에 위치한 조그만 구석방에서 임종을 맞았다). 힘들게 보낸 65

년 동안 그는 늘 불행, 가난, 질병, 결핍과 더불어 인
생의 빈민구제소에 머물러 있었다. 실러Schiller의 아
버지처럼 군의관이었던 그의 부친은 귀족가문 출신
이었고, 어머니는 농부의 피를 타고났다. 러시아 민
족성을 이루는 이 두 근원은 그의 삶에 면면히 흐르
고 있었다. 엄격한 종교적 방식의 교육은 일찍이 그
의 감성적 성품을 환희의 경지로 고양시켰다. 그는
비좁은 골방 하나를 형과 같이 쓰면서 인생의 첫 몇
년을 모스크바의 한 빈민구제소에서 보냈다. 첫 몇
년간인데, 이를 유년기라 부르기도 사실 어렵다. 왜
냐하면 그의 일평생에서 유년기라는 개념은 어디론
가 실종되었기 때문이다.

이 시기에 대해 도스토옙스키는 한 번도 말을 꺼
낸 적이 없는데, 이런 그의 침묵은 낯선 동정심에 대
한 수치심 또는 어색함 때문이었다. 다른 작가들이
라면 다채로운 상들이 미소 짓듯 떠오르고, 부드러
운 기억과 달콤한 회한이 피어오를 그곳에, 도스토
옙스키의 전기는 잿빛 빈 점으로 남아 있다. 그렇

지만 우리는 그가 창조해 낸 어린이들의 뜨거운 눈동자를 들여다보면 그의 유년기를 알 수 있을 것 같다. 콜랴처럼 그는 조숙하고, 환각에 빠질 만큼 공상에 젖어 살았을 것이다. 위대한 그 무엇이 되려고 깜박이는 불확실한 열기로 들뜨기도 하고, 자기 자신을 넘어서서 "전 인류의 고통을 대변하려는" 강렬하고 소년다운 열광에 휩싸여 있었을 것이다. 또는 어린 네토샤 네스바노바처럼 사랑과 동시에 그에 못지않은 불안을 주체할 수 없어 어쩔 줄 몰라 했을 것이다. 그는 주정뱅이 대위의 아들 일류슈카처럼 보잘것없는 집안 살림과 빈곤을 부끄러워했지만, 자기 이웃을 세상 사람들 앞에서 변호하려는 준비가 늘 되어 있었다.

이윽고 소년이 이 어둠의 세계 밖으로 발을 내디뎠을 때, 이미 유년기는 사라져 버린 후였다. 이제 도스토옙스키는 만족할 줄 모르는 자들의 영원한 은신처, 홀대 받는 자들의 피난처, 요컨대 책이 보여주는 다채롭고 흥미진진한 세계로 도피하게 되었다. 그 당시 그는 형과 함께 매일 밤낮으로 많은 책을 읽었다. 만족을 모르는 이 소년은 그때 벌써 죄악에 대한 경향마저 받아들이고 있었고, 그가 꿈꾸는 이런 환상은 그를 현실과 더욱 멀어지게 했다. 인간에 대한 아주 강렬한 열정에 가득 차 있으면서도, 그는 병적일 정도로 인간을 기피하는 폐쇄적인 성격으로서 불과 얼음을 동시에 지닌 위험한 고독의 광신자였다.

도스토옙스키의 열정은 이것저것 난삽하게 건드리고, 바로 《지하생활자의 수기》에서처럼 모든 파행의 어두운 길로 들어간다. 그러나 늘 외롭던 그는 모든 쾌락에 대해 구토를 일으키고, 행복에 대해 죄책감을 갖고 있었으며, 늘 입술을 깨물며 살았다. 그러고는 결국 불과 몇 루블의 돈이 없어서 군대에 입대하게 된다. 그곳에서도 친구라고는 없었고, 몇 년간 어두운 청년기를 보낸다. 그는 마치 자신이 읽은 책들의 주인공처럼 살았다. 원시동굴인의 생활방식으로 골방에 틀어박혀 꿈을 꾸거나 공상에 잠기며, 사유와 감각의 모든 비밀스런 죄악과 더불어 보냈다.

도스토옙스키의 명예욕은 아직 길을 찾지 못했고, 자기 자신의 목소리에만 귀를 기울여 힘을 키우고 있었다. 그는 환락과 공포와 함께 이 힘이 내면의 맨 밑바닥에서 끓어오르고 있음을 느꼈지만, 이를 사랑하면서 두려워했다. 그렇다고 이 희미한 생성과정을 파괴하지 않기 위해 어떤 행동을 취할 생각은 하지 못했다. 이렇게 몇 년간 고독과 침묵의 어두운 무형의 인형상태를 지속해 나갔다. 우울증이 찾아오기도 했는데, 종종 세상사에 대한 두려움, 때로는 자신에 대한 공포, 가슴속 혼란에 대한 거센 전율로 생겨나는 우울증이었다. 밤이 되면 어려운 재정형편을 충당하기 위해 번역을 했다(그의 돈은 적선과 유흥비라는 상반된 방향으로 탕진되었다). 당시 그는 발자크의 작품《외제니 그랑데》와 실러의《돈 카를로스》를 번역했다. 흐릿한 안개로 가려진 이 시기에 자기 고유의 형태들이 서서히 이루어지기 시작하며, 마침내 불안과 황홀의 꿈 같은, 어렴풋한 안개 속에서 그의 첫 문학작품인 중편소설 《가난한 사람들》이 무르익는다.

1844년 불과 24세의 나이로 도스토옙스키는 "눈물이 흐를 정도의 열정의 화염으로"라는 아주 빼어난 인간연구서를 집필한다. 그의 수치였던 가난이 이 작품을 낳게 되었으며, 가장 큰 힘인 고통에 대한 사랑, 무한한 연민이 이 작품의 가치를 높이는 원천이었다. 그는 이미 탈고한 원고를 의심스럽게 바라보았다. 그는 여기서 운명, 결단의 문제를 예감한 것이며, 고민 끝에 네크라소프Nekrasov라는 작가를 통해 이 원고를 심사위원회에 맡기기로 결심한다.

회답 없이 이틀이 지났다. 도스토옙스키는 밤에 혼자서 책상 위의 램프가 새까맣게 될 때까지 작업에 몰두하고 있었다. 갑자기 새벽 4시경 초인종 소리가 날카롭게 울렸고, 놀라서 문을 여는 그에게 네크라소프가 다가와 포옹하며 축하하는 것이었다. 두 사람은 함께 원고를 읽어나갔다. 밤새도록 원고에 귀 기울이고 환호성을 지르며 함께 울기도 했다. 그 무엇도 이 둘의 흥분을 저지할 수 없었고, 결국 두 사람은 또 한 번 포옹하고 말았다. 이 순간이야말로 그의 생애의 기록할 만한 첫 순간이었으며, 새벽의 초인종은 그의 명성을 알리는 소리였다.

동이 환하게 틀 때까지 두 친구는 서로 황홀해 하며 즐겁게 말을 나누었다. 이윽고 네크라소프는 서둘러 러시아에서 가장 권위 있는 비평가인 벨린스키에게 향했다. 그는 깃발처럼 원고를 흔들며 "새로운 고골리가 태어났다"며 문가에서부터 외쳤다. 의심쩍어 하는 벨린스키는 "당신들 집에서는 고골리들이 버섯처럼 쑥쑥 자라는가 보구려" 하며 시큰둥하게 투덜거리며, 지나친 감격에 짜증 섞인 목소리로 대답했다. 그러나 다음 날 도스토옙스키가 방문했을 때, 그의 태도는 달라져 있었다. "대체 당신이 무엇을 만들어 냈는지 아시겠습니까?" 하며 벨린스키는 흥분한 목소리로 어리둥절해 하는 젊은 도스토옙스키에게 외쳤다. 이 새롭고 갑작스런 명성 앞에서 심지어 공포와 달콤한 전율이 그를 엄습해 오기도 하였다.

도스토옙스키는 꿈을 꾸듯 층계를 내려와 현기증으로 비틀거리며 길모퉁이에 이르러 멈춰 섰다. 그는 생전 처음으로 그의 심장을 자극하던 어둡고 위험한 그 모든 것이 대단한 것, 어쩌면 어릴 적부터 꿈꾸어 왔던 위대함, 불멸, 전 세계를 위한 고통이라고 어렴풋이 느끼기는 했지만, 감히 그것이라고 확신하지는 못했다. 감동과 회한, 자만과 겸손이 그의 가슴을 뒤흔들고 있었다. 어떤 소리를 믿어야 할지 도무지 알 수 없었다. 그는 술에 취한 사람처럼 비틀거리며 걸어갔는데, 행복과 아픔이 교차하며 눈시울이 뜨거워졌다.

이렇게 도스토옙스키라는 작가의 발굴은 멜로드라마처럼 일어났다. 이 점에 있어서도 그의 삶의 형식은 그의 작품을 은연중에 모방하고 있었다. 거친 윤곽은 통속적 낭만주의의 공포소설 같은 양상을 드러낸다. 멜로드라마의 성향은 도스토옙스키의 삶에 내재해 있지만, 바로 이 때문에 그의 삶은 비극이 된다. 삶은 완전히 긴장의 순간들로 짜여 있는 것이다. 다시 말해 매순간 결단이 그때그때 전이 없이 응축되어 있으며, 그의 운명은 열 번 내지 스무 번 반복되는 황홀의 순간 또는 몰락의 순간들로 고정되어 있다. 삶의 간질발작이라고 칭할 수 있겠는데, 순간적 황홀과 무기력한 와해의 동시적 상황이 그것이다. 도약은 매번 몰락이라는 대가를 치르고, 은총의 순간은 고역과 좌절이라는 수많은 절망의 시간을 겪어야 했다. 마찬가지로 당시 벨린스키가 그의 머리 위에 씌워준 명성이라는 왕관은 동시에 족쇄의 첫 고리가 되고 만다.

도스토옙스키는 평생 이 고리에 묶여 덜컥거리며 노동이라는 무거운 공을 질질 끌고 다녔다. 첫 번째 책《백야》는 그가 자유인으로서 오직 창작의 기쁨을 위해서만 집필한 최후의 작품이었다. 그 이후로 그에게 있어 작품을 쓴다는 것은 돈을 벌거나 변상을 위한 것이었다. 왜냐하면 그가 집필하기 시작한 모든 작품은 첫 줄이 시작되기도 전에 선불을 받고 저당 잡힌 셈으로, 아직 태어나지도 않은 아이는 장사

꾼의 노예로 팔려나갔기 때문이다. 그는 이제 영원히 문학이라는 지하토굴에 갇히는 신세가 되었다. 자유를 갈구하는 갇힌 자의 비명은 평생 동안 날카롭게 울려 퍼졌지만, 그 사슬을 끊은 것은 죽음이었다. 창작 초기에만 해도 그는 이런 첫 쾌락을 맛보며 고통을 예감하지 못했다. 따라서 단편소설 몇 편을 급히 완성하고는 이미 새로운 장편소설을 구상하고 있었다.

이때였다. 돌연 운명이 손가락을 들어 경고하는 것이었다. 잠에서 깨어난 악마는 그의 삶이 너무 쉽게 되어가는 것을 원치 않았다. 그리고 그를 사랑하는 신은 가장 깊은 곳에서 삶을 체득하도록 그를 시험에 들게 한다. 전번처럼 다시 한밤중에 초인종이 날카롭게 울렸다. 도스토옙스키는 놀라서 대문을 열었다. 그러나 이번엔 삶의 음성이나 명성을 전하던 환호하는 친구가 아니라 바로 죽음의 부름이었다. 러시아 군의 장교들과 사나운 병정들이 그의 방안으로 밀려 들어왔다. 어안이 벙벙한 도스토옙스키는 체포되고, 그의 서류들은 압류당하고 말았다. 넉 달 동안 그는 자신에게 부과된 죄명도 알지 못한 채 성 파울 요새의 한 감방에서 여위어 가고 있었다. 몇몇 과격한 친구들의 토론회에 참석했다는 것이 그의 죄명으로, 이른바 페트라스키 반란으로 과장된 사건이었다. 그의 체포는 의심할 여지없이 오해였다. 그럼에도 청천벽력처럼 가장 가혹한 총살형의 선고가 내려진 것이다.

다시 도스토옙스키의 운명이 새로운 순간, 그의 존재의 가장 내적이고 풍요로운 순간, 죽음과 삶이 뜨겁게 입맞추고자 서로 입술을 내미는 그 무한성의 순간으로 흘러가고 있었다. 동이 틀 무렵 그는 다른 아홉 명의 죄수들과 함께 감옥 밖으로 끌려나왔다. 몸에 수의가 걸쳐지고, 손발은 말뚝에 묶였으며, 두 눈 또한 가려졌다. 자신의 사형선고문을 읽는 소리가 들려오고, 이어서 북소리가 들렸다. 그의 운명은 바야흐로 약간의 기대, 한없는 절망, 단 하나의 분자로 부서지려는 삶의 무한한 욕구로 온통 압착되려는 찰나였다. 그때 집행관인 장교가 손을 높이 쳐들며 흰 손수건을 흔들었다. 그러고는 그의 사형선고를 시베리아 유형으로 바꾸라는 황제의 특사를 소리 높여 읽었다.

이렇게 그는 일찍 얻은 명성을 잃고 이름 없는 심연의 나락으로 떨어져 내렸다. 4년 동안 1500개의 참나무 말뚝들이 사방의 지평선을 두르고 있었다. 거기에다 매일 눈물로 자국을 새기며 365일을 네 번이나 세었다. 그의 동료들은 도둑이나 살인자 같은 범죄자들로, 그가 해야 할 일은 석고를 연마하거나 기와 나르기, 눈 치우기 등이었다. 오로지 반입이 허락된 책은 성경뿐이었고, 피부병 걸린 개와 잘 날지 못하는 독수리 한 마리가 그의 유일한 벗들이었다. 4년 동안 그는 이 지하세계인 '죽음의 집'에서 지냈고, 그림자들 사이에서 이름 없이 잊혀져가고 있었다. 그를 가둔 자들이 그의 상처 난 발목에서 쇠사슬을 끊고, 그를 에워싼 말뚝들, 갈색의 썩은 담장이 사라졌을 때는 이미 그는 다른 사람이 되어 있었다. 몸은 완전히 망가졌고, 명성은 조각났으며, 그 자신의 존재감도 사라지고 없었다. 아직 삶의 욕구만이 손상되지 않았고, 손상될 수도 없는 것이었다. 그러나 망가진 육체의 녹아내리는 밀랍으로부터 황홀경의 뜨거운 불꽃이 예전보다 더 활활 타오르고 있었다.

도스토옙스키는 출판허가는 없으나 반쯤 자유로운 신분으로 시베리아에서 몇 년간 더 머물러야 했다. 그는 그곳 유형지에서 쓰디쓴 절망과 고독을 맛보며 기이한 첫 결혼생활을 시작했는데, 병들고 고집이 센 아내는 그의 동정 어린 사랑을 선뜻 받아들이지 않았다. 그가 결혼하기로 결심한 데에는 자기희생이라는 어떤 암울한 비극이 영원히 호기심과 경외심의 배후에 감추어져 있었다. 우리는 《학대받는 사람들》에 나오는 몇몇 암시만 보아도 이 환상적 희생행위에 내포된 말없는 영웅주의를 추측할 수 있다.

드디어 모두에게 잊혀졌던 도스토옙스키가 페테

르부르크로 돌아왔다. 그의 문학적 후원자들은 그를 떠나 버렸고, 친구들도 사라졌다. 그러나 그는 용기 있고 힘차게 자신을 바닥에 쳐 넣었던 물살에서 빠져나와 다시 빛을 보기 위해 필사적으로 노력했다. 유형지에서의 시기를 기술한 불멸의 작품 《죽음의 집의 기록》은 공동체험에 무감각하고 냉담한 러시아인들을 뒤흔들어 깨웠다. 조용한 세계의 평지 아주 가까운 바닥에는 다른 세계, 모든 고통의 연옥이 지배하고 있다는 것을 알게 된 모든 러시아인들은 경악했다. 탄원의 불길은 크렘린궁까지 높이 치솟았고, 황제도 이 책을 읽으며 흐느꼈다. 도스토옙스키라는 이름이 수많은 사람들의 입에 올랐다. 단 1년 만에 그의 명성은 예전보다 더 높아지고 지속적이었다. 부활한 도스토옙스키는 이제 형과 함께 자신이 거의 독자적으로 기고하는 잡지를 발행했다. 작가인 그에게 예언가, 정치가, "러시아의 교육자"라는 칭호가 늘 따라다녔다. 메아리가 크게 울려 퍼져서 잡지 역시 널리 유포되었다. 준비했던 장편소설 또한 이

때 완성됐다. 행복은 강렬한 눈빛을 던지며 교활하게 웃고 있었다. 그의 운명은 영원히 안정될 것처럼 보였다.

그러나 또 한 번 그의 삶을 지배하던 어두운 의지는 그러기엔 너무 이르다고 말한다. 지상의 고통, 예컨대 고문과도 같은 추방령, 날마다 먹고살아야 하는 긴박한 불안감은 아직 그에게 낯선 것이었기 때문이다. 러시아에서 가장 음울하게 일그러진 모습인 시베리아와 강제수용소 카토르가는 계속 그의 고향과 같은 곳이었다. 그는 자기 민족에 대한 강한 애정을 위해서라도 천막을 그리워하는 유목민의 동경을 배워야 했다. 다시 한 번 그는 이름 없는 인간으로 돌아가지 않을 수 없었다. 작가인 그가 국가의 영웅이 되기 전에, 이번에는 어둠 속으로 더 깊이 떨어져 내려야 했다. 번갯불이 순간 번쩍이자 곧 몰락의 순간이 찾아왔다. 갑자기 그의 잡지가 폐간되었다. 이번에도 먼젓번처럼 오해에서 비롯되었는데, 지난번만큼이나 치명적이었다. 설상가상으로 공포마저 한

창 나이에 들어선 그를 엄습한다. 아내가 죽은데 이어, 가장 친한 친구이자 조력자였던 그의 형이 죽은 것이다. 두 가정의 빚이 납덩이처럼 그를 짓누르고, 감당하기 힘든 부담으로 척추가 휠 지경이었다.

아직은 절망 속에서도 저항할 여력이 조금 남아 있었다. 열병에 걸린 듯 그는 밤낮으로 일에 몰두했다. 글을 쓰고 교정하고, 직접 인쇄 일까지 했는데, 오직 돈을 절약하고 실추된 명예, 자기 존재를 되찾기 위해서였다. 그럼에도 운명은 그보다 더 강했다. 어느 날 밤 도스토옙스키는 범죄자처럼 그의 신봉자들을 물리치고 외국으로 도피하기에 이른다. 이로써 수년간 유럽 전역을 목적 없이 떠도는 망명생활이 시작되었다. 그것은 피를 흘리듯 살아가는 그에게 러시아와의 무서운 단절을 의미했으며, 강제수용소 카토르가의 말뚝보다 더 아프게 그의 영혼을 조였다. 러시아의 가장 위대한 작가이자 동시대의 천재, 영원의 전령이었던 그가 고향 없이 무일푼으로 여기저기 유랑했다는 것은 생각만 해도 끔찍한 일이다.

그는 가난의 냄새가 물씬 풍기는 작고 나지막한 방을 간신히 구해 숙소로 사용했다. 그런데 간질병이라는 악마가 신경을 날카롭게 찌르고, 빚이며 어음, 우편환 등이 그를 여기저기 노동 장소로 혹독하게 내몰고 있었다. 때로는 당혹감과 수치심 때문에 이 도시 저 도시로 쫓겨 다녔다. 행복의 빛이 그의 삶을 비추면, 곧 운명은 새로운 먹구름을 드리운다. 그는 속기사였던 젊은 여자를 두 번째 부인으로 맞아들인다. 그러나 그녀에게서 태어난 첫 아기는 망명생활의 궁핍과 탈진으로 태어난 지 며칠 만에 죽는다. 시베리아가 고통의 앞뜰인 연옥이었다면, 프랑스와 독일, 이탈리아는 분명 그의 지옥이었다.

어느 누구도 이 비극적 현실을 눈앞에 생생하게 표현하지는 못할 것이다. 그러나 내가 늘 드레스덴의 거리를 거닐며 어느 나지막하고 누추한 집을 지나갈 때면, 혹시 그가 여기 어딘가 거주하지 않았을까, 저 위 5층에 있는 작센의 장사꾼과 막일꾼들 틈에서 서투른 일을 하며 아주 외롭게 지내지는 않았을까 생각해 본다. 하지만 어느 누구도 이 시기의 도스토옙스키를 알지 못했다. 1시간쯤 떨어진 나움베르크에 어쩌면 그를 유일하게 이해할 수 있었을지 모르는 프리드리히 니체가 살고 있었다. 바그너, 헵벨, 플로베르, 고트프리트 켈러 등 그의 동시대 예술가들도 있었다. 하지만 그도 이들을 몰랐고, 이들도 그에 관해 아는 바 없었다. 그는 위험스런 큰 짐승처럼 낡고 해진 의복을 걸치고, 일하던 동굴에서 사람들의 시선을 꺼리며 거리로 살그머니 기어 나온다. 드레스덴에서든 제노바에서든 파리에서든 그는 늘 같은 길을 다녔다. 그가 카페나 클럽에 자주 들른 것은 오로지 러시아 신문을 읽어보려는 의도에서였다. 퀴릴 문자로 된 편지나 러시아 말 몇 마디 듣고 싶어서, 아니 고향과 러시아를 느끼고 싶어서였다.

가끔 그가 화랑에 들어가 앉아 있었던 것은 예술에 대한 사랑 때문이 아니라(그는 영원한 비잔틴적 야만인, 우상 파괴자였다), 그저 몸을 녹일 수 있었기 때문이다. 그는 자기 주변에 있던 사람들에 대해 전혀 몰랐다. 그들이 러시아인이 아니라는 이유만으로 독일에서는 독일인을, 프랑스에서는 프랑스인을 미워했다. 그의 심장은 러시아를 향해 박동하는데, 육체는 이 낯선 외지에서 아무런 관계도 맺지 않고 식물처럼 굳어져 가고 있었다. 요컨대 독일, 프랑스, 이탈리아의 작가 가운데 어느 누구와도 대화는커녕 만나본 적도 없었고, 은행원들만이 그를 알고 있었다. 그는 매일같이 창백한 얼굴로 은행창구에 와서는, 흥분되어 떨리는 목소리로 혹시 러시아에서 보낸 우편환이 도착했는지 물었다. 그리고 100루블이란 말만 들어도 그곳의 비속하고 낯선 사람들 앞에서 수없이 감사하며 무릎을 꿇곤 했다. 그럴 때면 이미 은행원들은 이 불쌍하고 어리석은 인간과 그의 끝없는 기다림에 대해 비웃고 있었다.

전당포에서도 그는 단골손님으로, 가지고 있던 것은 몽땅 저당 잡혔다. 언젠가는 페테르부르크로 전보, 즉 그의 편지에 반복되고 있듯이 절박한 구조요청을 보내기 위해 단벌 바지까지 저당 잡혔다. 가슴이 찢어지도록 아픈 일이지만, 우리는 이 천재적 작가의 아첨하며 비굴하게 호소하는 편지를 읽을 수 있다. 실로 도스토옙스키는 10루블을 얻기 위해 다섯 번이나 구세주를 불렀다. 이 끔찍스런 편지들은 불과 돈 몇 푼을 구걸하기 위해 숨을 헐떡이거나 징징대고 눈물을 흘린다. 그는 몇 날이나 계속 일하거나 글을 쓰며 밤을 새웠다. 그러다 보면 그의 아내는 옆에서 고통으로 신음하고, 본인도 간질 발작으로 질식하여 거의 죽음에 이르곤 했다. 때론 집주인 여자가 집세를 받기 위해 경찰을 데려와 위협하기도 하고, 조산원은 밀린 돈을 안 준다고 욕설을 퍼붓곤 했다. 아이러니하게도 이 시기에 그는 우리들 영적 세계의 우주적 형상들인 19세기의 기념비적 작품들 《죄와 벌》, 《백치》, 《악령》, 《도박사》를 집필했다.

일은 그에게 구원이자 동시에 고통이었다. 일에 파묻힐 때면 그는 늘 조국 러시아에 살고 있는 것 같았다. 휴식할 때면 강제수용소 카토르가와 같은 이 유럽에서 향수병에 시달렸다. 그래서 그는 작품 속으로 점점 더 깊이 침잠해 들어갔다. 작품은 그를 취하게 만드는 달콤한 영약이었고, 그의 고문 당한 신경을 최상의 쾌락으로 자극하는 놀이였다. 그러는 사이 전에 강제수용소의 말뚝을 세듯 그 날만을 애타게 헤아리고 있었다. 거지로 귀향할지 모르지만, 귀향하는 그 날만을! 말이다. 러시아, 러시아, 러시아는 곤궁에 빠진 그가 수없이 외쳐댄 구호였다.

그러나 아직 돌아갈 처지가 아니었다. 도스토옙스키는 작품을 위해서라도 무명의 인간, 죄다 낯설기만 한 거리의 순교자, 외침과 탄원 없이 인내하는 자로 조금 더 머물러야 했다. 영원한 명성의 찬란함으로 상승하기 전까지는 여전히 벌레처럼 살아야 했다. 가난은 이미 그의 육체에 움푹한 구멍을 내고 있었다. 게다가 간질 발작이 점점 더 자주 그의 뇌를 강타해 하루 종일 마비되어 자리에 누워 있었다. 차츰 감각이 희미하게 생겨나면 힘을 내어 다시 일하던 책상 곁으로 비틀거리며 돌아가곤 했다. 50이란 나이였으나 도스토옙스키는 수천 년의 고통을 체험했다.

마침내 가장 긴박한 최후의 순간, 그의 운명은 그 것으로 충분하다고 말한다. 하느님은 다시 욥에게 얼굴을 돌렸다. 52세의 나이로 도스토옙스키는 러시 아로 되돌아가게 되었다. 그의 작품들은 그를 빛나 게 했으며, 투르게네프와 톨스토이의 이름은 그늘에 가렸다. 러시아는 더욱 도스토옙스키를 주목했다. 《어느 작가의 일기》를 발표하자마자 그는 전 민중의 영웅으로 올라섰다. 그리고 혼신의 힘과 예술적 감 각으로 러시아의 미래를 향해 《카라마조프의 형제 들》이라는 최후의 유언장을 완성한다. 운명은 드디 어 그 의미를 드러내고, 시험 받은 자에게 최상의 행 복한 순간을 선사하는데, 그의 인생의 씨앗이 이제 영원의 싹을 트고 자란다는 사실을 가르쳐 준다. 결 국 그의 최종 승리는 과거에 겪었던 고통처럼 이 한 순간으로 결집된다. 그의 신은 도스토옙스키에게 번 개 하나를 주지만, 이번에는 과거에 그를 넘어뜨렸 던 그런 것이 아니라 몇몇 선지자들처럼 그를 불의 마차에 태워 영원한 곳으로 인도하는 번개를 주시는 것이다.

　푸시킨 탄생 80주년 기념을 위해 러시아의 문호들이 축사를 하게 되었다. 평생 도스토옙스키와 쌍벽을 이루던 서유럽 성향의 투르게네프가 먼저 연단에 올라 온유하고 우호적인 분위기에서 축사를 낭독했다. 그다음 날은 도스토옙스키의 차례로, 그는 마치 번갯불처럼 마법에 취한 듯 낭독했다. 나지막하고 쉰 목소리로부터 돌연 벽력처럼 쏟아지는 환희의 불꽃으로 그는 러시아의 대화합을 위한 성스러운 복음을 전파했다. 순한 양처럼 모든 청중들이 그의 발치에 무릎 꿇었다. 청중들의 환호성으로 강당이 터져 나갈 것만 같았다. 여성들은 그의 손에 입 맞추려고 몰려들었고, 어느 대학생은 도스토옙스키 앞에서 정신을 잃고 말았다. 다른 연사들은 준비한 낭독을 포기할 수밖에 없었다. 감동은 영원한 것으로 승화되고 있었으며, 가시면류관을 쓴 그의 머리 위로 영광의 빛이 찬란하게 불타올랐다.

아직까지 그의 운명은 불이 뜨겁게 달아오르는 이 순간 그의 임무의 실현이 작품의 승리로 나타나기를 바랐다. 그러고 나서 운명은 ―순수한 결실은 구원 받지만― 육체의 메마른 껍질을 내던져 버렸다. 1881년 2월 10일 도스토옙스키는 죽음을 맞이하는 것이다. 전율이 러시아를 사로잡았다. 아무 말도 할 수 없는 슬픔의 순간이었다. 한데 아주 멀리 떨어진 도시로부터 동시에 대표위원들이 도스토옙스키에게 마지막 경의를 표하기 위해서 몰려들었다. 이제 수천 가옥들이 들어선 이 도시 구석구석에 애도하는 군중의 물결이 넘쳐흘렀다. 그러나 때는 늦었다! 너무 늦어버렸다! 모두들 평생 잊었던 한 사람의 주검을 보고자 했다. 시신이 안치된 슈미트 거리는 온통 상복을 입은 사람들로 들어 차 있었다. 침통한 사람들은 묵묵히 노동자가 살던 그 집 계단을 오르곤, 관 앞까지 바싹 다가서려고 좁은 공간을 가득 메웠다. 몇 시간 지나자 관 밑에 놓여 있던 조화들은 모두 사라져버렸다. 그럴 것이 수백 명의 조문객들이

이 꽃들을 고귀한 기념물로 가져가려 했기 때문이었다. 그러다 보니 이 비좁은 방의 공기는 질식할 정도로 탁해서 촛불들은 잘 타지 못하고 곧 꺼져버리곤 했다.

도스토옙스키의 주검을 향한 추모객들의 물결은 파도가 밀려오듯 점점 더 거세졌다. 한번은 이들의 쇄도로 관이 흔들려 떨어질 뻔했다. 미망인과 놀란 자식들이 손으로 관을 떠받쳐야 했다. 경찰서장은 대학생들이 쇠사슬을 몸에 감고 고인의 관을 뒤따르려고 계획한 공개적 장례식을 금지시켰다. 그렇지만 경찰서장 역시 가담자들을 무기로 진압하지 않는 한 이 열광의 무리에 어쩔 도리가 없었다.

갑자기 도스토옙스키의 성스러운 꿈인 러시아의 화합이 약 1시간 동안 장례행렬 중에 실제로 일어났다. 그의 작품에서 모든 계층과 지위의 러시아인들이 형제애를 느끼듯, 그의 관을 따르는 수십만 추모객들은 그들의 슬픔을 통하여 하나의 군중이 되었다. 젊은 왕자와 정교회 신부, 노동자, 대학생, 장교,

하인, 그리고 거지에 이르는 모든 사람들은 나부끼는 깃발의 숲을 헤치고 한 목소리로 도스토옙스키의 죽음을 애도하고 있었다. 영결식이 거행되는 교회는 하나의 꽃동산이었고, 그의 관이 들어갈 무덤 앞에서 모든 당파는 사랑과 찬양을 맹세하며 서로 하나가 되었다. 이렇게 그는 최후의 순간에도 러시아에 화합을 선사하고, 다시 한 번 마법의 힘으로 그의 시대의 극도로 긴장된 대립들을 하나로 결집시켰다.

그런데 고인에 대한 장엄한 예포처럼 그의 마지막 뒤안길에는 혁명이라는 끔찍한 폭탄이 터지고 말았다. 그의 장례식이 거행된 3주 뒤 황제는 살해당하고, 봉기의 천둥과 징벌의 번개가 러시아 전역을 진동시킨다. 베토벤처럼 도스토옙스키도 자연력이 일으키는 이 성스러운 폭동, 뇌우 속에서 죽음을 맞이한다.

운명의 의미

"욕망과 슬픔을 짊어지는 데 나는 대가가 되었고,
쾌락을 감래하는 것이 나의 축복이 되었다."
-고트프리트 켈러

　그칠 줄 모르는 투쟁이 도스토옙스키와 그의 운명 사이에 놓여 있다. 이는 일종의 사랑스런 적대관계이다. 모든 갈등은 운명으로 인해 그에게서 첨예화되고, 모든 대립은 운명으로 인해 서로 부풀어 올라 부서진다. 운명이 그를 사랑하기에 그의 삶은 고통스럽고, 운명이 그를 너무나 강하게 사로잡고 있기에 그는 자신의 운명을 사랑한다. 그럴 수밖에 없는 것이 이를 가장 잘 아는 도스토옙스키는 고뇌 속에서 감정의 절정을 인식했기 때문이다.

　구약성서의 야곱처럼 운명은 그의 삶의 무한한 밤

에 죽음의 여명이 밝아올 때까지 그와 씨름했다. 그리고 그가 자신의 운명을 축복하기 전까지는 그를 발작에서 구해주지 않았다. "하느님의 종"인 도스토옙스키는 이 복음의 큰 뜻을 파악했다. 무한한 힘에 영원히 제압된 사람으로 지내는 것에서 그는 지고의 행복을 발견했다. 그는 뜨거운 입술로 그의 십자가에 입맞춤하며, "절대자 앞에 무릎 꿇을 수 있다는 감정 외에 절실한 감정은 인간에게 없다"고 말한다. 운명의 짐을 감당 못해 무릎을 꿇고 그는 경건하게 두 손을 올려 삶의 성스러운 위대성을 증명했다.

이처럼 운명에 예속된 채 도스토옙스키는 굴종과 인식을 통해 온갖 고난을 극복해 냄으로써 유사 이래 가장 강렬한 인간, 가치전도를 행한 천재가 되었다. 육체가 붕괴되면 될수록, 그의 믿음은 높이 상승했다. 인간으로서 수난을 견디면 견딜수록, 세계고의 의미와 필연성을 신의 은총으로 받아들였다. 니체가 삶의 가장 생산적 법칙으로 칭송한 운명에 대한 헌신적 사랑, 운명에 대한 사랑Amor fati은 도스토옙스키로 하여금 모든 적대감 속에서도 충만함을 느끼게 했고, 또한 모든 시련을 구원의 은총으로 깨닫게 했다. 모든 저주는 민수기 속의 선지자 발람Balaam처럼 이 선택된 사람에게 축복으로 변하고, 모든 굴욕은 찬양으로 바뀌었다. 시베리아에서 그는 쇠사슬에 발이 묶인 채 무죄인 자신에게 사형을 선고했던 황제에게 찬양시를 쓴 적도 있었다. 우리에겐 납득하기 힘든 굴종을 자처하며 자신을 징벌했던 자의 손에 다시 입맞춤했던 것이다.

마치 나병환자 나사로가 창백한 얼굴로 관에서 벌떡 일어서듯, 도스토옙스키는 언제나 삶의 아름다움을 증명하기에 주저함이 없었다. 매일 죽음과도 같은 경련과 간질 발작에 시달리며 입에 거품을 물다가도, 그는 자신을 시험에 들게 하는 하느님을 찬양하기 위해 다시 정신을 차리고 일어섰다. 모든 시련은 그의 열린 영혼 속에서 고난에 대한 새로운 사랑을 잉태했다. 자신을 채찍질하던 편타고행자처럼 그는 새로운 면류관을 끊임없이 애타게 갈망했다. 운명이 그를 가혹하게 채찍질하면, 신음을 지르며 피투성이가 된 채 자빠지면서도 이내 새로운 채찍질을 기다렸다. 그는 자신에게 떨어지는 모든 번개를 붙잡아, 그를 불태우려던 것을 영혼의 불과 창조적 황홀경으로 변화시켰다.

그런 체험의 마법적 변화의 힘에 맞서 겉으로 드러나는 운명은 지배권을 완전히 상실한다. 형벌과 시험처럼 보였던 것은 도스토옙스키라는 현자에게 오히려 도움이 되고, 인간을 무릎 꿇게 했던 것은 진정 이 거장을 일으켜 세우는 계기가 된다. 약한 것을 허물어뜨리던 것은 이 열정적 예언자에게 강철로 단련된 힘만을 줄 뿐이다. 상징들로 반영되는 우리 세기는 그런 동일한 체험의 이중효과에 시험대를 마련한다. 요컨대 오스카 와일드라는 또 다른 작가에게 도스토옙스키와 유사한 번개가 갑자기 떨어졌다. 그는 작가로서의 명성과 귀족 신분을 잃고, 어느 날 시민사회로부터 감옥으로 곤두박질치게 된다. 그러나 그와는 달리 오스카 와일드는 이 시험에서 절구 속의 가루처럼 분쇄되고 말았다. 반면 도스토옙스키는 용광로 속의 금속처럼 시련을 통해 비로소 단단한 형상을 갖추게 된다.

그럴 수밖에 없는 것이 사회적 인간의 형식적 본능으로 여전히 사교 감각을 유지하던 오스카 와일드는 시민으로서 낙인찍혔다는 것을 수치스럽게 느꼈기 때문이다. 그에게 가장 굴욕적이었던 것은 저 리딩 골이라는 형무소에서의 공동목욕이었다. 잘 가꿔진 귀족의 신체가 십여 명의 죄수에 의해 더럽혀진 물속으로 들어갔어야 했으니 말이다. 특권층이자 신사였던 그는 천민들과 몸을 함께 섞는다는 사실에 경악했던 것이다. 반면 계층을 초월한 새로운 인간 도스토옙스키는 이들과 함께하며 운명에 취한 그의 영혼을 불살랐다. 똑같이 더러운 목욕탕은 그에게 오만을 태우는 연옥이 되었다. 그는 어느 불결한 타타르인의 겸허한 자선행위에서 발을 닦아주는 종교의식인 세족식의 신비를 황홀하게 체험했다.

귀족의 칭호를 떨쳐버리지 못하는 오스카 와일드

의 경우, 죄수들과 보내며 그들이 사신을 같은 부류로 취급할지 모른다는 두려움으로 괴로워했다. 반면 도스토옙스키는 도둑과 살인자들이 그를 형제로 부르지 않아 오랫동안 괴로워했다. 그는 이들과의 거리, 서먹서먹한 관계를 자신의 결함, 부족한 인간성에 있다고 느꼈기 때문이다. 같은 원소로 이루어진 석탄이나 다이아몬드처럼 운명의 이중성은 이 두 작가에게 동일하면서도 다른 어떤 것으로 나타난다. 와일드가 감옥을 나왔을 때 끝났다면, 도스토옙스키는 그제야 시작이었다. 같은 불덩어리를 가지고 와일드가 쓸모없는 광재나 남겼을 때, 도스토옙스키는 반짝반짝 강도 높은 금속을 주조한다. 와일드가 다가오는 운명을 마다했기에 노예처럼 사육되었다면, 도스토옙스키는 운명을 사랑했기에 운명의 승리자가 될 수 있었다.

혹독한 운명만이 자신에게 어울릴 정도로 도스토옙스키는 그에게 닥친 시련을 다른 것으로 변화시키고, 굴욕적인 것조차 그 가치를 전도시켰다. 바로 자기 삶의 외적 위험으로부터 가장 내적인 안정성을 얻어냈기 때문이다. 고통은 그에게 이득이 되고, 부담은 상승의 요인이 되며 자신의 결핍은 추진력이 되는 것이다. 시베리아와 강제수용소, 간질, 빈곤, 도벽, 환락 등 삶의 모든 위기요소가 마법적 가치전도의 힘을 통해 예술에서의 결실로 나타난다. 왜냐하면 광산의 칠흑 같은 깊이에서 광부들이 가장 귀한 광물을 캐내듯, 예술가란 항상 가장 위험한 내면에서 타오르는 진실과 최종적 인식을 얻기 때문이다. 예술적으로 볼 때에도 도스토옙스키의 삶은 하나의 비극이고 도덕적으로 비할 데 없는 성과인데, 왜냐하면 그의 삶은 운명을 극복한 인간승리이자 내적 마력魔力을 통한 외적 실존의 가치전도였기 때문이다.

무엇보다 병들고 쇠약한 육체를 극복한 정신적 생명력의 승리는 전례가 없었다. 우리는 도스토옙스키가 병자였다는 사실을 잊어서는 안 된다. 그의 청동같은 불후의 작품은 쇠약하고 무기력한 팔다리, 경련을 일으키며 가물가물 타오르는 신경으로부터 얻어낸 것이다. 그의 육체 한가운데 위험하기 짝이 없는 고통이 말뚝을 박고 있었던바, 그것은 영원히 현전하는 죽음의 무서운 상징인 간질병이었다. 도스토옙스키는 창작활동을 해온 30년 동안이나 내내 간질병 환자로 살았다. 이 "목을 죄는 악마의 손"은 갑자기 작업하는 도중, 거리에서, 대화를 나누다가, 아니면 잠을 자는 사이에 목을 할퀴고 그를 거세게 내팽개쳤다. 그러면 그는 입에 거품을 물고 바닥에 쓰러졌고, 어떤 때는 그곳에 부딪친 몸에서 피가 흐르곤 했다.

어린 시절 예민했던 그는 이미 기이한 환각상태에 빠지거나 무서운 심리적 긴장 속에서 닥쳐올 위험의 기미를 감지하곤 했었다. 그러나 이 "성스러운 병"은 그가 강제수용소에 있을 때 비로소 번개처럼 돌출했는데, 그곳에서 이 병은 무섭게 신경의 과도한 긴장을 자아냈다. 모든 불행, 가난, 궁핍과도 같이 간질병은 그가 죽는 날까지 그의 곁을 떠나지 않았다. 그럼에도 이렇게 육체적 고문을 당한 병자가 이 시련에 대해 항거하는 말 한마디 하지 않았다는 것은 참으로 신기한 일이었다. 귀가 먹어 듣지 못하게 된 베토벤이나 절름발이였던 바이런, 방광염을 앓았던 루소처럼 도스토옙스키는 이 질병에 대해 결코 한탄하지 않았다. 게다가 병을 치유하기 위해 노력한 흔적은 어디에도 없었다. 우리는 이렇게 믿기 어려운 일을 사실로 간주하는 것으로 위안을 삼아도 좋을 것이다. 즉 운명이 그의 죄악과 위험의 모든 것에 대해 그랬듯이 그도 무한히 자신의 운명을 사랑함으로써 병 또한 사랑했다고 가정할 수 있을 것이다.

훌륭한 작가의 직감이란 인간의 고통을 억제할 수 있다. 도스토옙스키는 그의 고통에 귀를 기울임으로써 고통을 지배하는 주인이 되었다. 그는 자신의 삶을 극도로 위협하는 간질을 그의 예술에 내재한 최고의 신비로 바꾸어 놓았다. 바로 이런 상태에서 전혀 알려지지 않은 신비스런 아름다움을 빨아들였다. 이는 황홀한 예감의 순간에 놀랍게 몰려드는 자기망

각의 상태로서, 이럴 경우 임청난 단축이 이루어지면서 생의 한가운데서 죽음을 맛보게 되는 것이다. 매번 죽음 직전에 존재의 가장 강렬하고 달콤한 정수를, "자기느낌"의 병적으로 고조된 긴장감을 짜릿하게 체험하는 것이다.

운명은 마법의 상징처럼 가장 강렬한 삶의 순간, 즉 세메노프스키 광장에서의 단 몇 분간을 다시 핏빛 발작의 장면으로 되돌려 놓았다. 그는 마치 자신의 감정에 내재한 우주와 무無 사이의 엄청난 차이를 결코 잊어서는 안 될 것 같았다. 여기서도 마찬가지로 어둠이 일순간 그의 눈을 가렸다. 여기서도 그의 영혼은 마치 움푹한 잔에 넘쳐흐르는 물처럼 육체에서 빠져나와, 날개를 활짝 펴고 신을 향해 치솟아 올랐다. 그러자 이미 영혼은 가볍게 비약하면서 천상의 빛, 다른 세상의 빛과 은총을 감지했다. 그러자 이미 대지는 가라앉고, 천체가 진동하기 시작했다. 이럴 즈음이면 그를 환기시키는 천둥소리가 울리며 그를 다시 비천한 삶으로 내동댕이치곤 했다.

도스토옙스키가 발작의 몇 분, 꿈 같은 황홀감을 기술할 때면 언제나, 그의 날카롭기 그지없는 형안은 생기를 얻었다. 그의 목소리는 회상하며 떨고 있었고, 공포의 순간은 찬미로 변하는 것이었다. 그는 감격스러운 듯 이렇게 설명했다. "여러분, 건강한 여러분은 발작 직전 어떤 황홀감이 간질 환자에게 찾아오는지 예감하지 못할 겁니다. 코란에서 마호메트는 그의 항아리가 쓰러져 물이 밖으로 흘러내렸기에 자신은 짧은 기간 천국에 있었다고 말했습니다. 그러자 모든 영악한 바보들은 그가 거짓말을 하거나 그들을 속인다고 말했답니다. 그러나 그것은 거짓말이 아니었죠. 마호메트는 거짓말을 하지 않았습니다. 틀림없이 나처럼 그도 간질병을 앓았으며, 발작이 일어나는 동안 천국에 있었던 것입니다. 나는 이 환희의 나라가 얼마나 지속될지 알지 못합니다. 하지만 믿어 주시죠, 나는 인생의 그 모든 기쁨과 그것을 바꾸고 싶지 않습니다."

이 환희의 순간 도스토옙스키의 눈빛은 지상의 잡

다한 것들을 넘어서 있으며, 불타오르는 감정의 충일 속에서 영원을 파악한다. 하지만 그가 침묵한 것은 쓰디쓴 체벌에 관해서였는데, 그는 매번 경련이라는 체벌의 대가로 신에게 다가갔던 것이다. 실로 무시무시한 마비상태가 온몸에 찾아오면 수정 같은 순간은 조각나 버리고, 다른 이카루스Ikarus가 된 그는 부러진 팔다리와 감각의 마비를 느끼며 현세의 밤으로 추락하곤 했다. 영원한 빛에 현혹된 감정은 이제 육체의 감옥에서 힘겹게 더듬거린다. 의식은 벌레처럼 존재의 바닥에서 눈이 먼 채 기어 다니며, 그리곤 바로 축복의 날개로 신의 얼굴을 감싸 안는다.

매번 간질을 앓고 난 뒤의 도스토옙스키는 거의 넋이 나간 사람 같았다. 그런 공포를 그는 바로 영주 미슈킨이라는 인물에게서 자신을 채찍질하듯 명료하게 그려낸 바 있다. 그는 종종 발작을 일으켜 상처 입고 사지를 늘어트린 채 침대에 누워 있었다. 혀는 굳어 움직이지 않았고, 손은 펜대조차 잡지 못했다. 넘어져 신음하고 중얼거리며 이 모든 관계에 저항하기도 했다. 몸의 수많은 부분들을 빠르게 균형 잡는 두뇌의 명석함은 완전히 깨져 버렸다. 도스토옙스키는 다음 일들을 더 이상 기억해 내지 못했다. 언젠가 발작이 일어난 뒤《악령》을 집필하는 동안, 그는 창작하던 이야기의 모든 사건들을 더 이상 의식하지 못하고, 심지어 주인공의 이름조차 잊어버렸다는 사실을 무섭게 느낄 때가 있었다. 그럴 때면 간신히 기억을 더듬어 이야기의 흐름을 알아내고, 그제야 혼신의 힘을 다해 그간 늘어진 환상들을 ─다음 발작이 일어나 그를 내동댕이칠 때까지─ 달아오르게 했다.

이렇게 간질 발작의 공포를 견디며, 입술에 묻어 있는 씁쓸한 죽음의 뒷맛을 느끼며, 게다가 궁핍과 가난에까지 쫓기며, 그의 불멸의 천재적 장편소설들이 완성되곤 했다. 죽음과 광기 사이의 절벽에서 그의 창조력은 분명히 몽유병자처럼 모르는 사이에 솟구쳐 올랐다. 그리고 이런 반복되는 죽음의 체험으로부터 영원히 부활한 도스토옙스키에게 삶을 집요하게 움켜잡고 거기서 엄청난 위세와 열정을 빼앗아 내는 그런 마법의 힘이 생성되었던 것이다.

톨스토이의 천재성이 다분히 건강 덕분이었다면, 도스토옙스키의 천재성은 악마의 저주와도 같은 간질병 덕분이었다. 간질은 평범한 감각에는 주어질 수 없는 집중화된 감정 상태에 이르도록 고양시켰고, 나아가 그에게 감정의 지하세계 및 영혼의 왕국을 꿰뚫어볼 수 있는 비밀스런 통찰력을 부여했다. 오랫동안 이곳저곳 유랑하며 지옥의 사자이기도 했던 오디세우스처럼 도스토옙스키 역시 그늘과 불꽃의 나라에서 홀로 깨어나 귀환한 사람이었고, 이루 말할 수 없는 고난에 시달린 사람이었다. 그는 뜨거운 피와 입가의 싸늘한 떨림을 가지고 삶과 죽음 사이의 전혀 예기치 못한 실존적 상황을 증명했다.
요컨대 간질병 덕분에 도스토옙스키는 예술의 가장 높은 경지에 도달했다. 이를 스탕달은 언젠가 "아직 표출되지 않은 감정의 창조"라고 설명한 바 있었다. 그는 우리에게서 아직 싹트지 않고 배아로 존재하는 감정들, 우리들 혈관의 차가운 환경으로 인해 충분히 성숙되지 못한 감정들을 열대의 뜨거운 열기로 녹여서 표출했다. 병자들이 그렇듯이 소리에 민감하게 반응했던 그는 착란에 빠져들기 직전에 영혼의 마지막 말마디를 알아들을 수 있었다. 또한 예감의 순간이 다가오면 날카로워지는 신비한 눈은 그의 두 번째 얼굴이 지닌 예시자의 재능, 상호연관의 마술을 창조해냈다. 아! 절체절명의 위기에서 이처럼 놀라운 변전이 꽃피울 수 있다니!

예술가 도스토옙스키는 이제 그 모든 위험을 적절히 자제하고, 인간으로서도 새로운 척도에 의한 새로운 인간성을 획득하게 된다. 그도 그럴 것이 그에게 행복과 고통은 감정의 두 극단인 동시에 고르지 않게 증대된 강도를 의미했기 때문이다. 그는 이런 감정 상태를 평범한 삶의 일반적 가치를 가지고 재는 것이 아니라 자기 광란의 끓어오르는 정도를 가지고 측정했다. 어떤 사람에겐 아름다운 경치를 감상하거나 아내를 얻고, 조화를 느끼는 것이 최대의 행복이지만, 이는 늘 현실 상황이 허락하는 범위 내에서의 소유에 지나지 않는다. 도스토엡스키의 경우 감각의 비등점은 이미 인간으로서 도저히 참아낼 수 없는 치명적인 것 속에 있었다. 거품을 물고 파르르 온몸을 떠는 경련, 그것이 바로 그의 행복이었다. 반면 그의 고통은 갑자기 무너져 내려 온몸의 기능을 상실하는 마비였다. 그럼에도 이 모든 일은 지상에서는 오래 지속될 수 없는 번개처럼 압축된 본질적 상황들이었다.

삶에서 끊임없이 죽음을 체험하는 사람은 평범한 사람보다 더 강렬한 원초적 공포를 알고 있으며, 몸이 없는 것처럼 떠 있는 상태를 느껴본 사람은 결코 굳은 땅을 떠나본 적이 없는 사람보다 더 높은 쾌락을 즐길 수 있는 법이다. 행복이라는 개념은 그에게 경련을 의미하며, 고통의 개념은 전멸을 의미했다. 따라서 그의 작중 인물들의 행복에는 전혀 고양된 쾌활함이 없었다. 그보다는 불처럼 활활 타오르거나, 눈물을 흘리지 않으려고 떨거나, 닥쳐올 위험에 대해 불안한 상태를 드러낸다. 이는 정말 견디거나 참기 어려운 상황으로, 즐긴다기보다는 오히려 고통 그 자체였다.

하지만 그의 고통은 음울하고도 목을 죄는 듯한 불안, 근심과 공포의 일반적 감정 상태를 넘나드는 그 무엇을 가지고 있었다. 예컨대 얼음처럼 차갑지만 미소에 가까운 명료함, 눈물이라곤 모르는 냉혹함에 대한 악마적 갈망, 메말라 키득거리는 웃음, 거의 쾌감이라고 할 만한 마귀의 비웃음 따위가 그러했다. 도스토옙스키 이전에 어느 누구도 이처럼 상반된 감정을 극단으로 갈라놓은 사람이 없었다. 이 세계를 그토록 고통스럽게 양극단으로 팽팽하게 나눈 사람도 없었다. 도스토옙스키는 행복과 고통의 모든 일반적 가치기준을 넘어서서 바로 황홀과 전멸이라는 새로운 극점을 세운 것이다.

운명이 새겨 놓은 이 양극성을 통해서만 도스토옙스키를 이해할 수 있다. 그는—운명을 열렬히 긍정함으로써— 분열된 삶의 희생자였고, 따라서 삶의 대립에 대한 열광자였다. 그의 예술적 기질이 뜨겁게 달구어질 수 있었던 것은 대립의 요소들이 서로 화합하는 것이 아니라 지속적으로 마찰을 일으키는 데서 비롯된다. 그의 본성에 내재하는 무절제함은 타고난 분열적 요소들을 자극하여 하늘과 지옥으로까지 서로 벌려 놓았다. 작가 도스토옙스키 자신이야말로 가장 완벽한 대립물이었으며, 아마도 예술과 인류 사이에 존재하는 가장 위대한 이원론자라고 해도 지나치지 않을 것이다. 상징적이지만 그의 패륜 가운데 하나는 자기 실존의 원초의지를 가시적 형태로 드러낸다는 데 있다. 가장 좋은 본보기가 바로 도박을 병적으로 좋아한다는 점이다.

도스토옙스키는 소년 시절부터 이미 카드놀이를 무척 좋아했다. 하지만 유럽에 와서야 비로소 전신을 짜릿하게 자극하는 악마의 거울을 알게 된다. 바로 저 흑적색의 룰렛 게임은 타고난 이원적 인간에겐 너무나 무섭고 위험한 도박이었다. 독일 바덴바

덴의 녹색 도박판, 몬테카를로의 도박장은 시스틴의 성모 마리아나 미켈란젤로의 조각상, 남국의 풍경, 세계의 어떤 문화예술보다 그의 신경에 최면을 건, 유럽에서 그를 가장 황홀하게 하는 곳이었다. 그럴 만한 것이 거기에는 긴장과 결단이 뒤따르기 때문이다. 검정과 빨강, 홀수와 짝수, 행운과 불행, 이득과 손실이 매 순간 엇갈린다. 구르는 바퀴의 움직임에 따라 순간적으로 긴장이 감돌고, 이 튀어 오르는 대립물의 고통스럽고도 유쾌한 번개 형식에 온 신경이 집중되는 것이다. 참으로 그의 성격에도 부합되는데, 그의 불 같은 조급함은 완만한 추이, 균형, 느릿한 상승을 견딜 수 없는 것이다. 그는 독일인들처럼 "소시지 만드는 식"으로 신중한 계획과 절약, 계산을 통해 돈을 벌고 싶지 않았다. 모든 것을 걸고 단번에 일확천금할 수 있는 우연성이 그를 자극했다.

운명이 그와 도박을 벌인 것처럼 그도 이제 운명과 도박을 벌인다. 그는 이 도박의 우연을 예술적 긴장으로 자극하고, 확신만 서면 떨리는 손으로 가진 것을 몽땅 녹색 도박판에 넌진다. 도스토옙스키는 돈에 대한 갈증 때문에 도박을 한다기보다는 탐욕의 진수만을 맛보고자 하는 전대미문의 천박한 카라마조프의 삶을 갈망해서였다. 또는 사기에 대한 병적 동경이나 "탑 꼭대기에서의 아슬아슬한 느낌", 심연을 향해 몸을 구부리기 위해서였다. 그는 도박을 하며 운명에 도전장을 던졌다. 그가 도박에 건 것은 돈이나 마지막 판돈이 아니라 자기 자신이었다.

그가 도박에서 얻은 것은 극도의 신경마비나 치명적 전율, 원초적인 불안, 마법적 세계에 대한 느낌이었다. 천부적 재능을 타고났으면서도 도스토옙스키는 신성에 대한 새로운 갈증에 취해 있었다. 물론 그가 다른 일들에서처럼 열정을 도박에서는 과도하게 이끌어 극단적인 상태까지, 심지어 패륜으로까지 몰고 갔다는 것은 자명한 사실이었다. 선이 굵은 기질의 그에겐 머뭇거리거나 조심하고, 신중을 기하는 것은 낯선 일이었다. 그는 "어디서 무엇을 하든 나는 평생 한계를 넘어섰다"고 고백한 바 있다. 이렇게 한계를 넘는다는 것은 예술적으로는 위대함을, 반면에 인간적으로는 위험을 의미하고 있었다.

그는 시민적 도덕의 울타리 앞에서 머뭇거리지 않았다. 어느 누구도 그의 삶이 법적 경계를 얼마나 벗어났는지, 그의 소설 주인공들의 범죄적 본능이 얼마나 그의 내부에 도사리던 행위였는지 정확히 말할 수 없다. 몇 가지는 증명되었으나 사소한 것에 지나지 않는다. 그는 어린 시절 카드놀이를 하며 속임수를 쓰기도 했다. 그리고 《죄와 벌》의 비극적인 바보 마르멜라도프가 화주를 마시려고 아내의 양말을 훔치듯, 도스토옙스키도 룰렛 게임의 판돈을 마련하려고 장롱에서 돈과 옷을 훔쳤다.

어떻게 《지하생활자》의 시절 그의 감각적 파행이 성도착으로까지 넘어서게 되었는지, 또한 그의 소설 인물들인 슈비드리가일로프, 스타브로긴, 표도르 카라마조프의 욕정과 관련하여 도스토옙스키 자신은 어느 정도 성적 환란 속에서 지냈는지 전기 작가로서는 설명하기 어렵다. 그의 성향과 성도착 역시 타락과 결백이라는 비밀스런 대조를 느끼게 하지만, 소문이나 추측만으로 (그것이 명백하다 해도) 논한다는 것은 무의미하다. 오히려 그의 《카라마조프의 형제들》에 등장하는 구세주이자 성자인 알료샤와 그의 만만치 않은 호색의 적수, 지나치게 성을 밝히는 추잡한 표도르가 서로 혈연관계라는 사실을 조금도 간과해서는 안 될 것이다. 정말 확실한 것은 도스토옙스키가 그의 관능적인 면에서 일반 시민의 척도를 한층 넘어섰던 사람이라는 점이다. 따라서 그는 추행과 범죄의 기질이 자신의 내부에서 생생하게 느껴진다는 괴테의 유명한 말의 온건한 의미로는 도무지 이해할 수 없다. 그럴 것이 괴테의 예리한 자기발견은 위험하게 자라고 있는 맹아를 내면에서부터 뿌리 뽑으려는 자신의 대단한 노력을 의미하고 있기 때문이다.

올림포스의 신과도 같은 괴테는 조화로운 인간이 되고자 했다. 모든 대립을 파괴하고 지나친 열정은 식히는 것, 힘들을 안정적으로 떠오르게 하는 것 등을 그는 추구해야 할 이상으로 보았다. 괴테는 자신에게서 관능을 배제하고, 예술에 대한 과도한 열정을 절제했으며, 도덕성을 위해 점차 위험의 모든 싹을 근절했다. 비속한 것에 힘을 쓰지 않은 것은 물론이었다. 이에 반해 도스토옙스키는 삶의 우연성이 보여주는 이원론에 정열을 쏟았다. 그에게는 경직상태처럼 보이는 조화란 추구의 대상이 아니었다. 그는 상반되는 것들을 신성한 조화 속으로 잡아매기보다는, 그것을 신과 악마로 확연하게 나누어 그 사이에 우리의 세계를 설정했다. 그는 무한한 삶을 원했다. 삶은 그에게 대립의 양극단 사이에 자리한 전기방전과도 같은 것이었다. 그의 내부에 씨앗으로 존재하는 선과 악, 위험하면서도 도발적인 그 모든 것은 열대의 뜨거운 열기로 꽃 피우고 열매를 맺어야만 하는 어떤 것이었다.

그의 도덕은 고전적인 것, 규범과 관계된 것이 아니라 오로지 힘의 포화상태에 의존한다. 올바르게 산다는 것은 그에게 무엇보다 강렬하게 살아가는 것을 의미한다. 나아가 선과 악이 가장 깅하고 도취적인 형식 속에서 함께 살아가는 것을 의미한다. 그러므로 도스토옙스키는 규범이 아니라 삶의 충일을 늘 추구했다. 반면 톨스토이는 작품을 쓰다가 불안에 사로잡혀 일어나서는 하던 작업을 멈추곤 했는데, 돌연 예술을 포기한 채 무엇이 선이고 악인지, 자신이 올바르게 살고 있는지 아닌지 평생 고뇌하며 살았다. 그 때문에 톨스토이의 삶은 교훈적이며, 교과서 내지 팸플릿 같았다. 하지만 도스토옙스키의 경우 삶은 예술작품, 비극, 아니 운명 자체였다. 그는 합목적적으로 또는 의식적으로 행동하지 않았고, 자신을 성찰하지도 않았으며, 단지 자신을 강하게 단련했을 따름이었다.

톨스토이는 영원히 구제받지 못할 죄악들을 통렬히 비난했고, 무엇보다 민족 앞에서 소리 높여 힐책했다. 이런 것에 대한 도스토옙스키의 침묵은 오히려 타락의 도시 소돔을 족히 내포하는 것이어서 톨스토이의 도덕적 태도와는 전혀 상관이 없었다. 도스토옙스키는 판단하거나 변화시키고 개선하는 따위에는 관심이 없었고, 오로지 자신을 강화하기를 원했다. 말하자면 그의 천성이 지닌 악의 성향과 위험에 대해 저항하려 하지 않았다. 오히려 그는 위험을 추진력의 계기로 선호했으며, 다가올 후회 대신에 죄를, 굴종 대신에 거만을 숭배했다. 그러므로 그를 도덕적으로 변론한다거나, 원초적 아름다움을 단지 시민적 가치기준에 따라 어설픈 조화를 이루어내려는 태도는 참으로 어리석은 일인지 모른다.

카라마조프란 인물을 창조해 낸 도스토옙스키는 《청춘》에 나오는 대학생, 《악령》의 스타브로긴, 《죄와 벌》의 스비드리가일로프를 만들어 냈다. 이 인물들은 육욕에 대한 광신자들인 동시에, 환락에 완전히 빠진 채 외설에 통달한 대가들이었다. 이들은 삶에 있어 가장 비천한 관능의 형식들을 개인적으로 잘 알고 있었는데, 이 형상들에게 무서운 현실성을 부여하려면, 탈선에 대한 정신적 사랑이 요구되었기 때문이다. 더할 나위 없는 작가의 예민함은 이중적 의미에서의 에로티시즘, 육체적 도취의 미묘한 쾌감을 잘 알고 있었다. 예컨대 도스토옙스키의 에로티시즘은 수렁 속에서 헤매다가 방탕에 빠지곤, 결국 죄악과 범죄로 치닫는 가장 섬세한 정신적 몰락에 이른다. 그는 온갖 가면 아래 숨겨진 에로티시즘을 알고 있었으며, 바로 아는 자의 시선으로 성적 광기를 비웃곤 했다. 그는 동정심, 복된 연민, 세계 형제애, 쏟아지는 눈물을 가장 고귀한 정신적 사랑의 형식 속에서 깨닫게 된다. 이 모든 비밀스런 본질은 그의 내부에 깃들어 있었으며, 다른 참된 작가들에게 나타나듯 일시적인 화학적 흔적이 아니라 가장 순수하고 힘찬 정신의 추출물이었다.

도스토옙스키 작품에 나타나는 탈선행위에는 매번 성적 흥분과 감각적 떨림이 적나라하게 묘사되어 있으며, 많은 부분 쾌락의 체험으로 이루어져 있다. 그렇다고 내가 그를 육욕만을 탐닉한 탕아라든가 도락자라고 생각하는 것은 아니다(그를 전혀 모르는 사람은 그렇게 이해할지 모른다). 하지만 그는 병적으로 고통을 추구하듯 쾌락에 대해서도 병적인 성향이 강했다. 어느 면에서는 충동에 매여 있는 노예 같았고, 정신 내지 육체의 호기심에 좌우되는 종과 같았다. 이런 호기심 때문에 그는 무서운 체벌을 받아 험지로 몰리거나 외딴 가시덤불로 쫓기곤 했다. 그의 쾌락은 저속한 향유가 아니라 전체 감각의 생명력을 담보로 하는 도박이었다. 그것은 항상 반복적으로 찾아오는 비밀스런 간질에 대한 불안한 기대, 위험이 다가오기 직전 찾아드는 쾌감 속에서의 감정 집중, 그리곤 회한으로의 암울한 추락이라는 과정으로 이루어져 있었다.

그는 쾌락을 맛보면서도 위험하게 불붙는 신경의 유희, 자기 육체에 도사린 본성을 사랑했다. 그렇지만 쾌락을 즐긴 뒤에는 그에 대한 의식과 수치심이 기묘하게 뒤섞여 후회라는 침전물, 도박의 역게임을 모색했다. 요컨대 수치심에서 결백을, 범죄행위에서 위험을 찾았다. 도스토옙스키의 감관은 모든 길을 삼키는 미로와 같았고, 하나의 육체 안에 신과 악마가 공존하는 지대였다. 우리는 바로 이런 의미에서 《카라마조프》의 상징성을 이해하게 되는데, 천사이자 성자인 알료샤는 무서운 "환락의 거미"인 표도르의 아들로 설정되어 있다. 여기서 환락은 정화를 낳고, 범죄는 위대함, 쾌락은 고통, 고통은 다시 쾌락을 낳는 것이다. 이 대립들은 영원히 접점을 이루고 있다. 천국과 지옥, 신과 악마 사이에 바로 그의 세계가 펼쳐져 있는 것이다.

자신의 분열된 운명에 무한히, 아무런 저항 없이 몸을 내맡기는 운명에 대한 사랑은 그의 밝혀지기 힘든 유일한 비밀이며, 황홀경에 이르는 창조적 불꽃의 원천이다. 그에게 삶은 너무나 강렬했고, 고통 속에서 감정의 무한함을 열어주었기 때문에, 그는 대단히 선하고 불가해하며 신성한, 실체를 알 수 없는 신비로운 삶을 영원히 사랑했다. 왜냐하면 삶에 대한 그의 가치척도는 바로 충만함과 무한성이었기 때문이다. 그는 결코 부드럽게 파도치는 삶의 항로를 원치 않았으며, 오로지 더 집중적이고 강렬하게 살기를 원했다.

그의 내부에 존재하는 것은 선과 악의 씨앗이었다. 그는 바로 열정과 패덕의 씨앗을 감동과 자기도취를 통해 승화시켰고, 위기에 직면해서도 그의 핏속에서 그것을 뿌리째 뽑아내지 못했다. 그의 도박사 본성은 정열의 한 판 승부에 남김없이 모든 것을 걸었다. 그럴 수밖에 없는 것이 삶과 죽음이 좌우되는 빨간색과 검은색의 회전을 볼 때에만, 그는 달콤한 현기증을 일으키며 실존의 완벽한 환희를 감지했기 때문이다.

괴테는 "너는 나를 그 안에 세웠지만, 다시 밖으로 데려갈 것이다"라고 자연에게 답한 바 있다. 하지만 운명을 피하거나 화해하고, "운명을 개선하는" 것은 도스토옙스키에게 떠오르지 않았다. 그는 결코 조용한 가운데 완성이나 종결, 결말을 구하지 않았고, 고통 속에서 삶의 상승만을 추구했다. 새로운 긴장감을 얻기 위해 그는 점점 더 감정을 고양시켰는데, 이는 자신을 이겨내려는 것이 아니라 최대의 감정을 얻고자 했기 때문이다. 괴테처럼 차갑고 단조롭게 움직이면서 혼돈을 반영하는 수정이 되기보다는 매일 자신을 새롭게 높이기 위해 자기파괴를 거듭하면서까지 불꽃으로 남고자 했다. 점점 더 강해진 힘과 첨예한 대립을 통해 불꽃이 되고자 했다.

그는 삶을 제어하려 한 것이 아니라 삶을 느끼려 했다. 그는 운명의 주인이 아니라 운명의 광적인 노예이고자 했다. 그리하여 "하느님의 종", 만물에 헌신하는 자로서 이제 그는 인간적인 것을 잘 아는 현자가 될 수 있었다. 그는 운명에 대한 지배권을 운명에 되돌려주었다. 이렇게 해서 그의 삶은 우연적 시간을 넘어서 위대해질 수 있었다. 그는 영원한 힘들에 예속된 마법적 인간이었다. 그리고 우리 시대를 문서화하는 빛의 한가운데서 이미 지나갔다고 믿었던 신비로운 시대의 시인이 도스토옙스키라는 형상 속에서 되살아난다. 그는 진정 이 시대의 예언자이자 위대한 광인, 운명적 인간이었다.

이 거인의 모습에는 시대를 초월한 숭고함과 영웅

적인 면모가 깃들어 있다. 시간의 저지대에서 솟아난 꽃동산처럼 다채로운 문학 작품들은 아직도 물론 근원적 형성력을 보여주고는 있지만, 그럼에도 시간이 지속됨에 따라 완만하게 서서히 정점을 향해 상승한다. 반면 도스토옙스키에게서 창조의 절정은 환상적이며 우울한 빛을 띤다. 그것은 마치 화산에서 터져 나온 무익한 돌처럼 보인다. 그러나 그의 갈라진 가슴의 분화구에서 우리 세계의 가장 깊은 핵심에 이르도록 용암 같은 피가 흐르고 있다. 여기에 모든 태초의 시발점, 원초적 자연력과의 연관성이 드러나는바, 우리는 전율하며 그의 운명과 작품 속에서 전 인류의 비밀스런 깊이를 감지한다.

도스토옙스키의 작중 인물들

"아, 사람의 일관성을 믿지 말라."
-도스토옙스키

도스토옙스키 자신이 화산과 같았기에 그의 작품에 등장하는 인물들도 화산처럼 묘사되고 있다. 인물들 각자가 궁극적으로 자신을 창조한 신을 증명하는 것이다. 그들은 우리 세계에 평화롭게 배열되어 있지 않다. 도처에서 그들은 각자의 감각으로 가장 원초적인 문제에까지 접근하고 있다. 신경이 예민한 그들 현대적 특성의 인간은 삶에 대한 열정 외에는 아무것도 모르는 태초의 본질과 결합되어 있다.

그들은 최종적 인식에 도달하여 동시에 세상의 첫 질문들을 중얼거린다. 그들의 주조된 형태는 아직 열기가 식지 않았고, 그 바위는 층을 이루지 못했으며, 그들의 인상 또한 다듬어지지 않았다. 그들은 영원히 미완성으로 남아 있고, 그래서 이중성을 띤다. 그럴 것이 완성된 인간이란 동시에 폐쇄된 인간을 뜻할 수 있기 때문이다. 창조주 도스토옙스키는 그들 모두를 완결이라곤 없는 무한한 곳으로 내몰아 버린다. 자기 분열을 일으키는 문제적 본성의 인간들만이 그에겐 예술적으로 형상화할 가치가 있는 것처럼 보인다. 그는 완벽하고 성숙한 인물들을 나무에서 열매를 흔들어 따내듯 흔들어 내친다. 그는 고통을 앓는 자들만을 사랑한다. 자신의 삶을 격상하고자 노력하면서 분열된 형식을 취하고, 혼돈으로 머무르면서 운명을 변화시키려고 하는 자들만을 그는 사랑한다.

놀랄 만큼 특이한 그의 작중인물들을 보다 잘 이해하기 위해 다른 이미지, 즉 프랑스 소설의 전형인 발자크의 주인공과 비교해 보자. 발자크의 인물에서는 우선 일직선적 표상, 확고한 경계와 내적 완결성의 모습이 언뜻 부각될 것이다. 말하자면 기하학적 인물처럼 개념이 분명하고 법칙적인 특성이 두드러지게 나타나는 것이다. 발자크의 모든 인물들은 고유한 영혼의 화학작용을 통해 정확히 규정될 수 있는 실체로서 창조되었다. 그들은 뭔가 작용을 일으키는 요소로서, 도덕적·심리적 측면에서 전형적 형식을 보여주는 그런 본질적 특성을 지니고 있다.

그들은 더 이상 인간이라기보다는 인간에 가까워진 특성, 열정을 표현하는 정밀기계라고 할 수 있다. 발자크의 작품에서 인물들 각자의 이름에 대해 우리는 연관개념으로서 고유한 특징을 부여할 수 있다. 예를 들어 라스티냐크는 공명심, 고리오는 희생, 보트랭은 무정부주의와 관련되어 있는 것이다. 그들 각자에게는 어떤 지배적인 추진력이 다른 모든 내적 힘 자체를 분열시키고, 이를 삶의 의지라는 중심방향으로 몰고 간다. 극단적인 의미로 그들은 정밀성 때문에 로봇이라고까지 명명될 수 있다. 그들은 각자 삶의 자극에 아주 정확하게 반응하며, 실제로 기계처럼 작업능력과 저항에 있어서도 한 치의 오차 없이 치밀하다.

발자크 작품에 어느 정도 익숙한 사람이라면, 사실에 대한 인물들의 성격적인 반응을 계산해 낼 수 있을 것이다. 이 반응은 돌의 속도와 중량의 관계로 비유할 수 있을 만큼 정확하다. 수전노 그랑데는 그의 딸이 희생적으로 용감하게 처신할수록 그만큼 더욱 인색해진다. 그리고 고리오가 그럭저럭 유복하게 살면서 가발로 조심스럽게 치장하고 있었기 때문에, 언젠가는 그가 딸을 위해 입고 있던 조끼를 팔고, 마지막 재산인 은그릇마저도 부수리라는 것을 우리는 예감하게 된다. 그는 성격의 통일이라는 각본에 의해 충동적으로 행동하지 않을 수 없다. 세속적인 그의 육체는 이런 충동을 인간의 형태로 불완전하게 감싸고 있을 뿐이다.

발자크의 주인공들(동시에 빅토르 위고, 스콧, 디킨스의 주인공들)은 모두 원초적이며 단순한 목표 지향적 인물들이다. 그들은 일목요연한 통일적 성격이고, 따라서 도덕이라는 저울로 측정이 가능하다. 다만 그들과 조우하는 우연만이 정신의 우주 속에서 아주 다채로운 모습으로 변형될 따름이다. 이는 앞서 언급한 작가들의 경우에도 유사하다. 그들에게서 인간은 통일적 성격이고, 체험은 다양하며, 소설 그 자체가 바로 현세의 힘들에 대항하는 권력투쟁이다. 발자크와 그 밖에 프랑스 소설의 주인공들은 사회에 대한 저항으로서 강하거나 약한 면을 드러낸다. 그들은 삶을 지배하거나, 아니면 삶이라는 바퀴 아래 깔려 버린다.

한편 독일 소설의 주인공을 꼽자면 빌헬름 마이스터, 녹색 옷의 하인리히 같은 유형을 떠올릴 수 있다. 이런 주인공에게서 근본 성향은 프랑스 소설의 주인공처럼 분명치 않다. 독일 소설의 주인공은 자신의 내부에 갖가지 목소리를 지니고 있으며, 복합적 심리 및 영혼의 소유자이다. 그의 영혼에는 선과 악, 강함과 약함이 뒤죽박죽 혼재해 있다. 따라서 그의 시작은 혼란이며, 새벽의 안개가 그의 맑은 눈을 가려버린다. 그는 자기 내부에 있는 힘들을 감지하지만 힘을 모으지 못하고, 저항하지만 조화롭지 못하다. 그렇지만 결국은 통일으로의 의지에 고무된다. 요컨대 독일의 천재는 언제나 질서를 목표로 삼는다. 독일의 발전소설이란 주인공 개인의 발전과정을 형상화하는 것과 다름이 없다. 온힘을 결집하여 독일적 이상과 실제능력의 고양을 추구하는 것이다. 괴테에 따르면 "개성은 이 세계의 흐름 속에서 형성된다." 삶에 의해 동요되었던 근본 요소들이 다시 얻게 된 고요 속에서 수정처럼 결정화되기 시작하고, 오랜 학습과정을 거쳐 대가가 등장한다.

독일의 대표적 소설들《녹색의 하인리히》,《히페리온》,《빌헬름 마이스터》와《오프터딩엔》같은 작품들의 마지막 책장을 넘기며 우리는 분명한 시선으로 한층 명료해진 세계를 바라보게 된다. 이 소설들에서 삶은 늘 이상과 화해한다. 잘 정돈된 힘들은 더 이상 뒤죽박죽 혼란스럽지 않으면서 최고의 목적지를 향해 작용한다. 괴테 및 다른 독일 작가의 주인공들은 자신의 최고 형식을 구현함으로써 활동적이고 유능한 인간이 된다. 그들은 경험을 통해 삶을 체득하는 것이다.

그러나 도스토옙스키의 주인공들은 대체로 현실적 삶과의 관계를 알지 못하며, 이를 추구하지도 않는다. 그것이 이 인물들만의 독특한 점이다. 그들은 결코 현실 속으로 파고들려 하지 않고, 처음부터 현실을 뛰어넘어 무한한 것을 지향한다. 그들의 제국은 이 세상 어디에도 없다. 모든 현실적 소유물인 가치, 직책, 권력, 돈 등의 그 모든 가식적 형식은 발자크에서처럼 목표도 아니고, 그렇다고 독일 작가들에서처럼 수단도 아니다. 그들은 출세를 위해 노력하거나 자신을 주장하고 정리하려고도 하지 않는다. 자신을 아끼는 것이 아니라 마음껏 소모하고자 한다. 어떤 것에 대해서도 정확히 계산하려 하지 않으며, 영구히 비타산적으로 남는다.

그들은 자기 자신과 삶을 느끼려 한다. 삶의 그림자나 반영된 이미지, 외적 현실이 아니라 신비하고 거대한 근본요소들, 우주의 힘, 실존의 생생한 감정을 느끼고 싶어 한다. 우리가 도스토옙스키의 작품 속으로 파고들면 들수록, 곳곳에서 거의 식물에게나 나타나는 원초적 생동감, 행복도 고통도 원치 않는 근원적 욕망이 가장 깊은 샘으로부터 솟구친다. 이런 욕망은 이미 삶의 개별형식이 되어 버린 가치기준이나 구별이 아니라, 호흡할 때면 느껴지는 완전히 일치된 쾌감을 뜻한다. 도스토옙스키의 인물들은 도시나 거리에 있는 우물이 아니라 이 원초적 샘에서 물을 마시기를 원한다. 그리고 내적으로 영원과 무한성을 느끼며 일상적 시간성을 끝내려 한다. 그들은 사교적 세계가 아니라 영원한 세계만을 알고 있다. 삶을 배우거나 제압할 의도가 없으며, 삶을 벌거벗은 그대로 느낌으로써 실존의 황홀감을 얻고자 한다.

도스토옙스키의 인물들은 세상을 사랑하기에 세상사에 어둡고, 현실에 열정적이기에 현실성이 없는 것 아니냐는 단순한 생각에 언뜻 빠질 수 있다. 그렇다, 그들은 뚜렷한 방향이나 목적지도 없다. 다 자란 것 같은 사람들이 장님이나 술주정뱅이처럼 세상을 비틀거리며 더듬더듬 걸어간다. 그러다가 그들은 멈춰 서서 주위를 둘러보고는, 온갖 질문을 던지고 이내 대답도 기다리지 않은 채 미지의 세계로 달려간다. 그들은 이 세계에 방금 발을 디딘 애송이들처럼 아직 이 세계에 적응하지 못한 것처럼 보인다.

그러나 우리는 도스토옙스키의 인물들을 거의 이해하지 못하고 있다. 그들이 러시아인이고, 또 오랜 야만의 무리들로서 유럽 문화의 한가운데로 휩쓸려 들어온 그런 민족의 후예들이란 점을 우리는 간과하고 있는 것이다. 그들은 새로운 현실에 익숙해지기도 전에, 오랜 가부장적 문화와 단절하고 교차로의 중앙에 서 있는 실정이다. 그러니 개개의 불확실성은 민족의 불확실성을 뜻한다. 이에 반해 우리 유럽인들은 따뜻한 가정의 품과 같은 오랜 전통 속에서 안정되게 살고 있다. 도스토옙스키의 시대인 19세기의 러시아인들은 이미 야만적 잔재인 통나무집들을 모두 태워 버렸으나 아직 새집을 마련하지는 못했다. 그들은 뿌리가 뽑히고 방향감각을 잃고 있다. 그들은 아직 청춘의 힘을 갖고 있고, 완력에 관한 한 야만인의 힘을 지녔다. 하지만 그들의 본능은 갖가지 복잡한 문제로 혼란스러운 상태이다. 그러다 보니 완력은 있어도 손을 벌려 무엇을 먼저 잡아야 할지 모르고 있는 것이다. 사방으로 손을 휘두르며 잡아보았으나 결코 충분할 수 없었다. 여기서 우리는 도스토옙스키의 인물 개개인의 비극과 분열, 장애가 러시아 민족 전체의 운명에서 나온 것임을 감지할 수 있을 것 같다.

이렇게 19세기 중엽의 러시아는 어디로 가야 할지, 예컨대 동쪽인가 서쪽인가, 유럽인가 아시아인가, "인위적인 도시" 페테르부르크인가, 아니면 문화생활인가 농경생활이나 황야로의 후퇴인가 알지 못하고 있었다. 투르게네프는 전진을 외쳤고, 톨스토이는 복고를 주장했다. 모든 것이 불안정했다. 러시아 제정은 공산주의적 무정부주의와 정면 대립하는 상태였고, 옛날부터 내려온 러시아 정교는 광적인 무신론과 맞서고 있었다. 고정된 것이라곤 없었고, 어떤 가치도 확고하지 않았으며, 시대의 기준도 없었다. 믿음의 성좌는 더 이상 그들의 머리 위에서 빛나지 않았고, 법칙이란 것도 이미 그들의 가슴에 새겨져 있지 못했다.

전통이라는 뿌리를 상실한 도스토옙스키의 작중 인물들은 순수 러시아 혈통의 과도기적 인간들로서, 가슴에는 새로운 시대의 카오스를 안은 채 각종 장애와 불확실성에 시달렸다. 어떤 의문에 대해서도 시원한 답이 없었고, 평탄하게 닦인 길도 나타나지 않는다. 그들 모두가 과도기의 인간, 새로운 시작의 인간들이었다. 각자가 국민회의의 대표자라도 된 듯 불타버린 범선을 뒤로 하고 미지의 것을 기다린다.

그러나 가장 놀라운 것은 도스토옙스키의 인물들이 새로운 시작의 인간이었기에 세계가 각 개인마다 다시 시작된다는 점이었다. 일반 유럽인의 경우 이미 굳어져 무감각한 개념이 되어 버린 모든 질문들이 그들에게는 핏속까지 뜨겁게 달구고 있었다. 그들은 우리의 편안한 길, 도덕이라는 손잡이와 윤리적인 길잡이를 동반하는 그 길을 알지 못했고, 따라서 그들은 항상 어디서나 멀리서 가물거리는 무한지대를 바라보며 덤불숲을 지난다. 각자가 저마다 전체적인 세계질서를 세워야 하는 레닌이나 트로츠키 같은 사람이라고 느낀다. 그렇게 하는 것이 유럽에서 러시아가 할 수 있는 훌륭한 가치라고 여기는바, 이 경우에도 그들은 잠재된 호기심을 발동하여 다시금 무한한 삶에 대해 의문을 제기한다. 우리가 교육이라는 것을 통해 태만하게 되어 버린 곳에서 그들은 열정을 불태우는 것이다.

도스토옙스키의 작품에서 개별 인물들은 모든 문제를 다시 한 번 교정하고, 피 묻은 두 손으로 선과 악의 경계석을 옮긴다. 각자가 세계를 위한 혼돈을 창출한다. 각자가 재림한 그리스도의 종이요 포고자이고, 새로운 러시아인 제3제국의 순교자인 동시에 예언자이다. 태초의 혼돈이 아직 그들 내면에 자리

잡고 있으나, 지상에 빛이 창조된 첫 날의 여명과 새 인간이 창조된 6일째의 예감 또한 공존한다. 도스토옙스키의 주인공들이 새로운 세계의 개척자들이라면, 그의 소설은 러시아의 혼을 지닌 모태에서 탄생한 새로운 인간 신화인 것이다.

그렇지만 신화, 특히 국가 신화는 믿음을 필요로 한다. 그러므로 우리는 도스토옙스키의 인물들을 이성이라는 투명한 매개를 통해 파악하려 해선 안 된다. 오로지 감정이나 형제의 느낌만이 그들을 제대로 이해할 수 있다. 4인의 카라마조프 사람들은 코먼센스를 중시하는 영국인, 실용적인 미국인에겐 바보처럼 보이고, 도스토옙스키의 비극적 세계는 정신병원처럼 생각될지 모른다. 그럴 수밖에 없는 것이 건강하고 소박했으며 앞으로도 영원할 현세의 본성인 행복이 도스토옙스키와 그의 인물들에겐 아주 하찮은 것으로 나타나기 때문이다.

매년 유럽에서 생산되는 약 50만 권의 책, 그 책들을 읽어보라! 그 책들은 주로 어떤 내용을 다루고 있는가? 한 마디로 그것은 행복이다. 어느 남성을 원하는 어느 여성의 이야기, 아니면 부와 권력과 명예를 원하는 어느 사람의 이야기가 주를 이룬다. 디킨스를 보면 쾌활한 어린이들과 함께 초원의 그림 같은 오두막에서 사는 것이 꿈이다. 발자크의 경우에는 귀족 칭호와 아울러 백만장자로서 어떤 성에서 사는 것이 소망이다. 우리 주변의 거리, 선술집이나 싸구려 상점, 밝게 빛나는 무도회장을 한번 둘러보라. 도대체 거기 있는 사람들은 무엇을 원하는 가? 모두가 만족스런 인간, 부자와 권력자가 되기를 원한다.

그런데 도스토옙스키의 인물 가운데 누가 이런 걸 원하는가? 단 한 사람도 없다. 그의 인물들은 행복의 순간에도 결코 멈춰 서려 하지 않는다. 그들은 계속 앞으로 나아가고자 한다. 그들 모두가 고통을 앓는 "더 뜨거운 심장"을 지니고 있다. 그들은 행복에는 추호도 관심이 없다. 만족이란 것도 그들의 관심을 끌 수 없고, 부를 갈구하기보다는 오히려 부를 조롱하기에 이른다. 우리 인간들이 원하는 진기한 것,

그 어느 것도 그들은 원치 않는다. 그들은 상식에선 벗어난 사람들로서, 이 세상의 어떤 것도 바라지 않는다.

그렇다면 그들은 삶에 만족해서 또는 둔감해서 그렇단 말인가? 삶에 무관심하거나 금욕주의자라서? 아니, 정반대의 사람들이다. 언급한 바와 같이 도스토옙스키의 인물들은 새로운 시작의 인간들이다. 그들은 천재성과 확고한 오성 능력을 지녔음에도 어린이의 가슴과 소박한 욕망을 갖고 있다. 그들은 이것 아니면 저것을 원하는 것이 아니라, 모든 것을 원한다. 그것도 아주 강렬하게 원한다. 선과 악, 더위와 추위, 가까운 것과 먼 것까지 모든 것을 갈망한다.

그들은 과도한 갈망을 지닌 무절제한 유형들이다. 언제나 보이는 것 가운데 최상의 것을 추구하고, 감각이라는 뜨거운 열기로 우연성의 합금을 녹인다. 그러면 용암처럼 불덩어리로 흐르는 황홀한 세계감정만이 최종적 산물로 남게 된다. 그들은 마치 발작적 살인마처럼 삶 속으로 질주한다. 욕망은 후회로 변하고, 후회는 다시 행동으로, 범죄는 고백으로, 고백은 다시 짜릿한 망아로 빠져드는 순환이 계속된다. 그러나 운명의 모든 길은 그들이 입에 거품을 물고 추락하는 최후까지, 혹은 다른 자가 그들을 때려 눕힐 때까지 길게 사방으로 뻗어 나간다.

아, 삶의 갈증이여! 젊은 러시아와 새 인간들은 세계와 인식, 진리를 입술이 타들어가도록 갈망하고 있도다! 도스토옙스키의 작품에서 조용히 숨 쉬고 휴식하면서 자신의 목표를 이룬 인물들을 찾아서 내게 보여줄 수 있는가? 결코 단 한 사람도 보여줄 수 없으리라! 그들 모두는 최고의 정점과 깊이를 향해 미친 듯 서로 경주한다. 왜냐하면 첫 계단에 발을 들여놓은 사람이라면, 마지막 계단을 밟아야 한다는 알료샤의 공식에 따라 전혀 만족할 줄 모르는 이 무절제한 자들은 혹한과 불길 속에서도 사방으로 이것저것 붙들고 탐욕스럽게 열망한다.
그들은 오로지 무한성 속에서 그들의 척도를 찾고

추구한다. 각자는 하나의 불꽃, 불안스런 화염과 같다. 그리고 불안은 즉각 고통으로 연결된다. 이 때문에 도스토옙스키의 주인공들은 모두가 고통을 감수하는 위대한 자들이다. 모두 일그러진 얼굴을 하고 있고, 열기와 경련 속에서 생을 영위한다. 이에 경악한 어느 프랑스의 위인은 도스토옙스키의 세계를 정신병원이라고 부른 바 있다.

실제로 처음 접하는 사람의 눈에는 얼마나 그 세계가 음울하고 환상적인가! 화주 냄새가 코를 찌르는 선술집 방, 교도소의 감방, 외진 교외의 거주지, 사창가 골목과 목로주점, 렘브란트적인 어둠 속에서 황홀감에 쌓인 혼란한 형상들, 살인자, 치켜 올린 손에 묻어 있는 희생자의 피, 홍소를 터트리는 청중들 사이의 주정뱅이. 어디 그뿐인가! 어두운 골목길에서 노란 옷을 입고 서 있는 소녀, 길모퉁이에서 구걸하는 간질병 아이, 시베리아 강제수용소의 전과 7범의 살인자, 싸움꾼들 사이에 있는 도박꾼, 마치 짐승처럼 아내의 잠긴 방 앞에서 뒹구는 로고쥔, 더러운 침대에서 죽어가는 정직한 도둑….

참으로 이런 광경은 감정의 지하세계, 정열의 명부가 아닌가! 이 무슨 인류의 비극이란 말인가! 저 형상들 위로 영원히 저물어 가는 러시아의 나직한 잿빛 하늘, 가슴을 억누르는 어둠과 암울한 풍경이여! 불행의 난간, 절망의 황무지, 은총과 정의가 사라진 연옥이여! 러시아와 그들의 세계는 얼마나 어둡고, 혼란스럽고, 낯설고, 적대감까지 띠고 있는가! 그 세계는 고통으로 가득 차 보인다. 이반 카라마조프가 분노하여 말한 것처럼 그들의 대지는 "가장 깊은 핵심까지 눈물로 들어찼다." 일견하여 도스토옙스키의 얼굴은 어두운 흙빛의 농부 얼굴과 비슷하고 또 조금은 침울한 느낌을 주지만, 그의 이마의 광채는 가라앉은 얼굴 위에서 찬연하게 빛난다. 그것이 그의 현세적 성향과 믿음을 통한 깊이를 밝혀주듯이, 그의 작품에서도 정신의 빛이 칙칙한 소재를 꿰뚫고 빛을 발한다.

도스토옙스키의 세계는 고통으로부터 독특하게

형성된 것처럼 보인다. 물론 다른 작가들에게서 나타나는 인물들의 고통보다 도스토엡스키의 인물들이 겪어가는 고통의 총합은 훨씬 더 큰 것처럼 보인다. 그럼에도 이는 겉으로 보기에 그럴 뿐인데, 왜냐하면 그의 인물들에게는 환락과 행복이 아픔의 쾌감, 즉 고통을 감수하는 쾌감과 의미심장한 대조를 이루기 때문이다. 고통은 동시에 행복으로 변하는 것으로, 그들은 이를 악물고 고통을 붙들고, 가슴으로 따뜻하게 싸안고, 손으로 쓰다듬고, 온 정성을 다해 그것을 사랑한다. 만일 고통을 사랑하지 않는다면, 아마 그들은 가장 불행한 사람일지도 모른다.

도스토엡스키의 인물들 내면에서 미친 듯 일렁이는 감정의 변화, 영원한 가치전도는 아마도 한 예를 통해서 명확해질 수 있다. 수많은 형식 가운데 거듭 반복되는 일례를 고른다면 그것은 고통의 심리라 하겠다. 인간에게 고통은 사실이든 허구이든 굴욕의 결과이다. 하급 관리든 장군의 딸이든 상관없이 감각이 무딘 사람이라 할지라도 모욕을 느낄 수 있다.

어쩌면 전혀 쓸데없는 말 한 마디에 자존심이 상하기도 한다. 이런 상처는 유기체 전체를 동요시키는 일차적 효과로서, 인간은 모욕감으로 인해 고통을 받는다. 그는 상처받고 누워 있다가 긴장감에 사로잡혀 다시 모욕당하기를 기다린다. 이윽고 다음 번 모욕당하는 사태가 일어나고, 이어서 그런 일이 누적되기에 이른다.

그러나 기이하게도 이렇게 누적된 고통은 더 이상 그를 아프게 하지 않는다. 모멸감을 느낀 사람은 한탄하고 절규하기도 하지만, 그의 한탄은 진실한 것이 아니다. 그럴 수 있는 것이 그는 모멸감을 좋아하기 때문이다. 이 "끊임없이 계속되는 자신의 수치심을 의식하는 것은 부자연스럽지만 비밀스런 기쁨인 것이다." 인간은 모멸당한 자존심을 대치할 새로운 자존심을 준비한다. 순교자라는 자존심이 그것으로, 그의 내면에서는 새로운 모멸감에 대한 갈망이 점점 더 강하게 생겨난다. 그는 적극적인 자세를 갖기 시작하고, 과장하며, 심지어는 도전적이 된다. 고통은 이제 그의 동경의 대상인 동시에 갈망과 쾌락이다. 자신을 스스로 비하시켜온 인간은 이제 절제를 모른 채 완전히 낮아지고자 하는 것이다.

그는 자신의 고통을 포기하지 않고 이를 깨물며 지킨다. 이제 그에게 도움을 주던 사랑하던 사람이 그의 적이 된다. 그리하여 사랑 때문에, 고통에 대한 광적인 사랑 때문에, 작은 넬리는 의사의 얼굴에 세 번이나 화약을 뿌리고, 라스콜리니코프는 소냐를 버리고, 일류슈카는 경건한 알료샤의 손가락을 깨문다. 그들 모두가 고통을 사랑하는데, 왜냐하면 고통 속에서 사랑하는 삶을 너무나 강렬하게 감지하기 때문이다. 도스토옙스키 방식으로 말하면, "이 땅의 모든 인간은 고통을 통해서만 진실로 사랑할 수 있기" 때문이다.

도스토옙스키의 인물들은 고통을, 무엇보다 고통을 원한다. 고통은 그들의 실존을 가장 강력하게 증명해 준다. 그리하여 그들은 "나는 생각한다. 고로 존재한다"가 아니라, "나는 괴로워한다. 고로 존재한다"라는 명제를 만들어 낸다. "나는 존재한다"라는 말은 도스토옙스키와 그의 모든 인물들에게 삶의 가장 값진 승리, "세계 내 존재감"의 최상급을 의미한다. 감옥에서 드미트리는 "나는 존재한다"라고 하는 존재의 황홀감을 찬양하여 외친다. 바로 삶을 사랑하기에 그들 모두에게는 고통이 필수적인 것이 된다.

나는 이런 이유로 해서 다른 작가에 비해 도스토옙스키의 경우 고통의 총합이 더욱 커 보이는 것은 겉보기에만 그럴 뿐이라고 언급했던 것이다. 심연에도 길이 있고 불행에도 황홀이 있으며, 절망에도 희망이 있는, 그런 늘 잔혹하지만은 않은 세계가 존재한다면, 그것은 도스토옙스키의 세계인 것이다. 그의 작품이 정신을 통한 고난 구제의 설화, 현대판 사도행전과 다를 바가 무엇이겠는가? 삶의 신앙으로의 개종이 인식을 위한 골고다 언덕길과 다를 바가 무엇이겠는가? 이 세계 한가운데 뚫려 있는 다마스쿠스로 향한 길은 아니겠는가?

도스토옙스키의 작품에 등장하는 인간은 최종적 진리인 전인적 자아를 얻고자 투쟁한다. 살인사건이 일어나든, 어느 여인이 사랑에 빠지든, 그런 따위는 부수적이고 사소한 무대 장치에 불과하다. 그의 소설은 인간의 가장 내적인 것, 영혼의 공간, 정신세계를 다룬다. 따라서 우연성, 사건, 외적 삶의 숙명은 표제어, 기계류, 장면을 두르는 틀과 다를 바 없다. 비극은 언제나 내면에 자리한다. 그것은 언제나 장애의 극복, 진리의 투쟁을 뜻한다.

그의 주인공들은 누구나 러시아는 어떤 나라인가라는 질문을 던진다. 아울러 자신은 어떤 존재인지 질문을 던진다. 그는 자신을 찾아 헤맨다. 아니, 오히려 시공을 초월하여 자기 본질의 최고를 끊임없이 찾고자 한다. 도스토옙스키의 주인공은 신 앞에 존재하는 인간으로서 자신을 인식하고자 하며, 나아가 고백하는 인간이고자 한다. 그의 인물들 개개인에게 진리가 욕구보다 더 소중하기 때문이다. 진리는 그들에게 탐닉, 환희, 가장 신성한 기쁨에 대한 고백,

짜릿한 경련인 것이다.

　도스토옙스키의 경우 이런 고백 속에서 내적 인간, 전인, 신의 인간이 육체적 실존을 통해 ─이것이 신이다─ 하는 독선을 깨트린다. 아, 관능의 기쁨이여! 이런 탄성으로 그들은 솔직한 고백을 털어놓는다. 라스콜리니코프가 포르피리 페트로비치에게 한 것처럼, 이를 숨기고 있다가 살짝 내보이고, 다시 숨기고 있다가 큰 소리로 외친다. 진실 자체보다 더 큰 진실을 소리쳐 외치는 것이다. 그럴 때면 그들은 광기의 현시주의자처럼 알몸을 드러내면서 패륜과 미덕을 마구 섞어 놓는다.

　바로 참된 자아를 위해 싸우는 이곳에서만이 도스토옙스키 특유의 긴장감이 돋보인다. 그의 인물들의 거대한 투쟁, 가슴의 힘찬 서사시는 완전히 내적인 것이다. 이질적이고 러시아적인 것은 가슴으로만 통하는 이 서사시 속에서 모두 사라져 버린다. 그들의 비극도 우리 모두의 비극, 전인적 비극이 되어 버린다. 이를 통해 우리는 자기탄생의 신비함 속에서 새로운 인간, 현세에 몸담은 전인 도스토옙스키의 신화를 남김없이 체험한다.

　나는 도스토옙스키의 세계창조에서 새로운 인간창조를 자기탄생의 신비라고 명명하고자 한다. 나아가 그의 모든 본성에 관한 이야기를 신화로 풀이하고자 한다. 그 이유는 그가 표현하는 천태만상의 인물들은 결국 단일한 운명만을 지니고 있기 때문이다. 그 모든 인물들은 단 하나의 체험에서 가지를 친 여러 변형들을 겪음으로써 인간화의 과정을 거친다. 요컨대 도스토옙스키의 주인공들의 시작은 모두가 동일하다. 그들은 처음부터 순수 러시아인으로서 그들 자신의 생명력에 동요가 일어난다. 예컨대 감각과 정신의 각성기인 사춘기에 들어서면 명랑하고 자유로운 그들의 감성은 왠지 우울해진다. 그들은 자기 내부에서 신비롭게 끓어오르는 충동적인 힘을 어렴풋이 느낀다. 가두어진 어떤 것, 깨어나 솟구쳐 오르려는 충동이 미성년의 복장에서 풀려나고자 하는 것이다.

비밀로 가득 찬 수태(그들 내부에 싹트려 하는 새로운 인간의 자질을 의미하지만, 그들은 아직 모르고 있다)는 그들을 꿈꾸게 한다. 그들은 침침한 방구석에서 "삭막할 정도로 고독하게" 앉아, 밤낮으로 자신에 관해 생각을 거듭한다. 그들은 수년 동안 기이한 고요의 상태에서 생각에 잠긴 채, 거의 부처처럼 영혼의 부동자세를 고수한다. 이윽고 그들은 여성이 임신 초기에 태아의 심장박동 소리를 듣기 위해 웅크리듯 몸을 숙인다. 이제 수태의 모든 신비로운 상태가 그들을 엄습한다. 죽음에 대한 불안, 삶에 대한 공포, 병에 가까운 끔찍한 욕정, 성도착적 욕구 등이 찾아온다.

마침내 그들은 어떤 새로운 이념을 수태했다고 알아차리고 그 비밀을 찾고자 한다. 그들은 외과의사의 수술용 메스처럼 생각을 날카롭게 갈고 닦는다. 자신들의 상황을 해부해 보고, 때로는 열심히 대화를 나누며 압박을 털기도 하고, 거의 망상에 빠질 만큼 두뇌를 쓰기도 한다. 그들은 모든 사고를 단련시켜 종국에는 위험천만한 하나의 고정적 이념을 창출해 낸다. 그것이 때로는 자승자박이 될 수도 있는데, 키릴로프, 샤토프, 라스콜리니코프, 이반 카라마조프 등 이 고독한 사람들은 자기들만의 고유 이념인 니힐리즘, 이타주의, 나폴레옹적 세계망상을 이념으로 갖고 있다. 이 모든 이념은 바로 그들의 병적인 고독의 상태에서 부화한 것이다.

그럼에도 그들은 자신들로부터 구현될 새로운 인간에 대항할 만한 무기를 원한다. 그들의 자존심이 새로운 인간에게 저항하고, 그를 제압하고자 하기 때문이다. 어떤 자들은 이 신비로운 맹아, 솟구치듯 끓어오르는 삶의 고통을 짜릿한 감각으로 미친 듯이 자극하고자 한다. 비유적으로 표현하자면, 여자들이 원치 않는 태아 때문에 계단에서 뛰어내리거나 춤을 추거나, 독극물을 마시고 해방되고자 하듯, 그들도 수태된 것을 지우려 한다. 그들은 미미한 태아의 움직임에 귀를 기울이지 않으려고 미친 듯 날뛰고, 새로운 배아를 없애기 위해 간혹 자신을 해치기도 한다. 의도적으로 몇 년긴 자기 상실의 시간을 보낸다. 술을 마시고 노름을 하면서 마지막 광란으로 갈 때까지 온갖 파행을 계속한다(그렇지 않다면 도스토옙스키의 인물이 아닐 것이다).

고통은 그들을 미지근한 욕정 정도가 아니라 패덕으로까지 몰고 간다. 만족감이나 수면을 위한 음주이거나 곤드레만드레 취하기 위한 독일식 음주도 아니다. 바로 자신의 광기를 잊기 위해 그들은 술을 마신다. 돈을 벌기 위한 도박이 아니라 시간을 죽이려는 것이다. 쾌락을 위한 탈선도 아니며, 과도함을 통해 진실의 척도를 잃어버리고자 함이다. 그들은 자신이 누구인지 알고자 하며, 그래서 자신의 경계를 찾아내려 한다. 과열과 냉각의 상태에서 그들 자아의 극단을, 무엇보다 자신의 깊이를 인지하려 한다.

신과 견줄 만큼 그들의 쾌감은 뜨겁게 끓어오르지만, 곧 짐승처럼 깊은 심연으로 가라앉는다. 그러나 그것은 인간으로서 자신을 명백히 확정하기 위함이다. 아니면 적어도 잘 알지 못하는 자신을 증명해 보이려 한다. 콜랴는 자신의 용기를 "증명하려고" 기차를 향해 몸을 던진다. 라스콜리니코프는 자신의 나폴레옹 이론을 증명하려고 노파를 살해한다. 그들은 단지 감정의 극한점에 도달하려고 본래 원했던 것 이상으로 행동한다. 자신의 깊이와 인간성의 척도를 알기 위해 심연으로 몸을 던진다. 관능에서 탈선으로, 탈선에서 다시 잔혹으로, 이렇게 가장 극단적인 결말, 냉정하고도 무정한, 계산된 악덕을 향해 몸을 던진다.

그러나 이 모든 것은 변화된 사랑, 자기 본질을 알려는 열망과 일종의 변화된 종교적 망상에서 나온 것이다. 그들은 현명한 각성상태에서 돌연 미혹의 회오리 속으로 뛰어들고, 때때로 정신적 호기심은 감각의 도착상태로 빠져들곤 한다. 그들의 범죄는 아동학대 및 살인으로까지 번지기도 하지만, 그러나 전형적인 것은 상승된 쾌락에는 늘 같은 정도의 불만이 도사리고 있다는 점이다. 다시 말해 광란의 깊은 심연에까지 뜨거운 참회의 의식이 경련을 일으키고 있는 것이다.

그들은 한편 지나친 감각과 사고의 무절제에 빠져들수록 자기 자신과 더 가까워진다. 자신을 파괴하면 할수록 오히려 자기 자신을 되찾는다. 그들의 우울한 바쿠스 축제는 경련에 불과하고, 범죄는 자기탄생을 위한 발작일 뿐이다. 그들의 자기파괴는 인간의 외피만을 파괴할 뿐으로, 높은 의미에서는 자기구원이라고 할 수 있다. 그들이 긴장하면 할수록, 또한 경련을 일으키고 몸부림칠수록, 그만큼 무의식적으로 탄생을 촉진한다. 가장 혹독한 고통 속에서만 새로운 본질이 태어날 수 있기 때문이다. 이를 위해 낯설고 놀라운 그 무엇이 등장하여 그들을 해방시켜야만 한다. 그 어떤 힘이 그들의 가장 힘든 시간 속에서 산파역을 해내야 하며, 선량함 즉 전인적 사랑이 그들을 도와야만 한다.

정화를 낳기 위해서는 자신의 감각을 초긴장시키는 가장 극단적 행위, 즉 범죄가 필수적이다. 이 경우에도 모든 탄생의 싹은 치명적인 위험의 그늘로

드리워진다. 죽음과 삶이라는 인간능력의 극단적 두 힘들이 이 순간 내적으로 상호 맞물리게 된다. 이것이 도스토옙스키의 인간신화인 것으로, 개개인의 혼탁하게 뒤얽힌 다양한 자아는 참된 인간(원죄에서 해방된 중세적 세계관의 새로운 인간), 순수하고 원초적인 신적 인간을 잉태하는 것이다. 소위 우리 문화인의 덧없는 육체에서 이런 원초적 인간을 양성하는 것만이 최고의 과제이자 가장 값진 현세의 의무이다. 삶은 그 누구도 뿌리치지 않기에, 누구나 수태의 가능성은 갖고 있다. 하지만 삶이 축복의 순간 현세적인 모든 것을 기쁘게 받아들여 왔다고 해서, 누구나 그 열매를 맺는 것은 아니다.

도스토옙스키의 인물들 가운데 몇몇은 정신의 나태함으로 부패하고, 죽거나 독살된다. 또 다른 인물들은 고통 속에서 죽어가고, 그들의 이념인 아이만이 태어난다. 키릴로프는 참된 인간이 되기 위해 자살해야 했고, 샤토프는 진실을 증명하기 위해 살해되는 자이다. 그러나 도스토옙스키의 다른 영웅적

주인공들, 소시마를 비롯해 라스콜리니코프, 스테파노비치, 로고신, 드미트리 카라마조프는 나비처럼 마비된 형태에서 빠져나오기 위해 내적 본질의 음울한 유충상태, 즉 사회적 자아를 파괴한다. 이는 바닥을 기어 다니는 존재로부터 날개가 달린 존재, 답답한 땅에서 털고 일어나 고양된 존재로 변화하기 위해서였다.

영적 장애를 둘러싼 각질이 부서지고, 전인적 인간의 정신은 이제 밖으로 흘러나와 무한한 곳을 향한다. 거기서는 개인적이고 개별적인 것은 모두 소멸되며, 따라서 도스토옙스키 인물들의 절대적 유사성은 완성의 순간에 드러난다. 예를 들어 알료샤는 스타레츠나 카라마조프, 라스콜리니코프와 구별하기 어렵다. 그들은 모두 범죄의 구렁텅이에서 빠져나와 눈물을 줄줄 흘리며 새 인생의 빛으로 향한다. 결국 도스토옙스키의 모든 소설은 그리스 비극의 카타르시스, 위대한 속죄로 귀결된다. 뉘우와 정화된 대기 위로 러시아적 화합의 최고 상징인 숭고한 무지개가 찬란하게 빛을 발한다.

도스토옙스키의 주인공들은 자신으로부터 순수한 인간을 탄생시키고 나서야 비로소 진정한 공동체에 발을 들여놓는다. 발자크의 작품에서는 주인공이 사회를 제압했을 때 승리하게 된다. 디킨스의 경우 주인공이 사회계층이나 시민생활, 가족 및 직업에 평화롭게 진입할 때 승리한다. 반면 도스토옙스키의 주인공이 추구하는 공동체는 사회적이라기보다는 종교적이며, 이익사회가 아니라 세계형제애를 추구한다.

도스토옙스키의 소설들은 모두가 이런 최종적 인간 유형들만을 다루고 있다. 반쯤은 교만과 반쯤은 증오심으로 이루어진 사회의 중간거점인 제반 사회적 조건들이 극복됨으로써, 자아 중심적 인간은 전인적 인간으로 발전한다. 무한한 겸손과 훈훈한 사랑 속에서 그들의 가슴은 다른 정화된 인간인 형제들과 만나게 된다. 이 최후의 정화된 인간은 어떤 차별이나 사회적 신분도 인식하지 못한다. 그들의 영혼은 낙원에서처럼 꾸밈없고, 수치심이나 기만, 증오, 경멸을 전혀 알지 못한다. 범죄자와 창녀, 살인자와 성인, 영주와 술주정뱅이, 그들 모두가 자신의 가장 깊고 본질적인 자아와 대화를 나눈다. 모든 계층은 가슴과 가슴, 영혼과 영혼으로 함께 어울려 살아간다.

도스토옙스키의 작품에서는 어느 정도 참되고 진실한 인간성에 도달했는지에 관해서만은 매우 단호하다. 하지만 속죄와 자기극복이 어떻게 성취되는지에 대해서는 무관심하다. 인식하는 자만이 모든 것, 다시 말해 인간정신의 법칙은 아직 탐구되지 않은 채 비밀로 남아 있으며, 그에 대한 근본적 처방이나 최종적 재판관도 존재하지 않는다는 사실을 이해하고 깨달을 수 있다. 그런 자만이 어느 누구도 죄인이 아니며, 어느 누구도 재판관이 될 수 없고 모두가 형제일 뿐이라는 사실을 체득할 수 있다. 단테의 경우라면 그리스도조차 심판받은 자들을 구해낼 수 없는 그런 단죄해야 할 죄인, 악한, 지옥, 최하계층이 도스토옙스키의 우주에는 존재하지 않는다. 도스토옙스키는 연옥만을 알 뿐이고, 오류를 범한 인간은 아직 영혼이 따뜻하게 데워지고 있어서 합리적 시민의식으로 가슴이 얼어붙은 냉혈한이나 꼼꼼쟁이, 거만한 인간보다 훨씬 더 참된 인간에 가깝다는 것도 깨닫고 있었다.

따라서 도스토옙스키의 참인간들은 고통을 감내하면서 그에 대한 경외심을 갖고 있으며, 아울러 지상의 마지막 신비를 간직하고 있는 것이다. 고통을 앓는 자는 연민을 통해 형제가 되며, 고통의 모든 형제들은 마음으로 통하는 내적 인간만을 자각하기에 공포는 그들 모두에게서 낯선 것이 되고 만다. 이 참인간들은 언젠가 도스토옙스키가 러시아의 전형이라 일컫던 "오랫동안 증오하지 않을 수 있는 숭고한 능력"의 소유자들로서, 그렇기 때문에 현세의 모든 것을 이해할 수 있는 포용능력 또한 지니고 있다. 그럼에도 아직까지 그들은 서로 다투고 상처를 주고받는다. 왜냐하면 그들은 자신들의 사랑을 부끄럽게

여기고, 자신들의 겸손을 약짐으로 간주하며, 본인
들이 인류에게 가장 큰 결실을 가져다 줄 수 있는 힘
이라는 것을 미처 예측하지 못했기 때문이다.

그러나 그들의 가슴 깊은 곳에서 울려나오는 목소
리는 늘 진실을 알고 있다. 그들이 서로 비난하고 적
이 되는 동안, 그들의 심안은 오랫동안 이해의 따뜻
한 눈길로 바라보고, 입술은 슬픔을 머금고 형제의
볼을 향한다. 이제 그들 내부에 깃든 순수하고 영원
한 인간성은 서로의 존재를 알아보았다. 형제라는
인식에 따라 대화합의 신비, 오르페우스의 영혼을
울리는 노래는 도스토옙스키의 음울한 작품 속에서
서정적 분위기를 장식한다.

사실주의와 환상

내게 현실보다 더 환상적인 것이 무엇이겠는가?
ㅡ도스토옙스키

도스토옙스키에게서 인간은 유한한 존재의 직접적 현실, 진실을 추구한다. 그의 내면에 깃든 예술혼은 진실을 추구하기 때문이다. 그는 사실주의자, 그것도 철두철미한 사실주의자이다. 그는 형식들이 모순과 대립에 신비로울 정도로 유사해지는 그 최종 한계에까지 접근해 들어간다. 따라서 그가 추구하는 현실은 평균에 익숙한 모든 일상적 시각을 환상적인 분위기로 이끈다.

도스토옙스키 자신은 이렇게 말한다. "사실주의가 환상적인 것에 가까워지는 한, 나는 사실주의를 사랑한다. 내게 현실보다 더 환상적인 것이 무엇이 겠는가? 아니, 현실보다 더 돌발적이고 상상하기 힘든 것이 어디 있겠는가?" 다른 예술가보다 그에게서 한층 더 강렬하게 대두되는 진리는 개연성의 배후에 있는 것이 아니라, 개연성과 대립해 있는 것처럼 보인다. 진리는 심리적으로 무방비한 평균인의 시력을 넘어서 있다. 범인의 눈은 물방울 속에서 투명한 하나의 조직만을 볼 뿐이지만, 현미경은 우글거리는 미생물의 다양함, 무수한 혼돈을 볼 수 있다. 마찬가지로 예술가란 보다 높은 사실성을 바탕으로 눈에 드러나 있는 것과는 일치하지 않는 것처럼 보이는 진리를 인식하는 자이다.

사물의 표면 아래 깊숙이 존재하면서 모든 실존의 핵심에 가까이 다가갈 수 있는, 더 높고 깊이 있는 진리를 인식하는 것이 도스토옙스키에겐 바로 정열 그 자체였다. 그는 하나의 통일체와 다양한 복합체로서의 인간을 자유로운 시선과 동시에 보다 날카로운 시선으로 참되게 인식하려 했다. 이 때문에 그에게는 현미경의 정확한 관찰력과 천리안의 능력을 결합하는 환상적 리얼리즘이 존재한다. 그러나 프랑스에서 태동한 최초의 사실주의 예술가나 자연주의자들과는 완전히 맥락을 달리한다. 도스토옙스키의 경우 분석에 있어 더욱 치밀할 뿐만 아니라, 소위 '철저 자연주의자'라 불리던 예술가들의 한계를 한층 뛰어넘는다(철저 자연주의자들이 목표에 도달했다고 생각한 지점을 그는 계속 초월한다).

그의 심리학은 창조적 정신의 다른 영역에서 나오는 것처럼 보인다. 프랑스의 에밀 졸라 이후 '정밀 자연주의'는 자연과학자들에게서 직접 유래하게 되었다. 플로베르는 "유혹" 또는 "구원"에 대한 자연색채의 효과를 찾기 위해 파리 국립도서관에 소장된 이천 권의 책을 두뇌의 증류기 속으로 흡입한다. 졸라는 소설을 쓰기 전에 모델을 스케치하고, 사료를 수집하려고 기자처럼 수첩을 들고 증권거래소나 백화점, 아틀리에를 3개월이나 돌아다녔다. 현실은 세상을 정확히 모사하려는 자연주의자들에겐 냉정하고 계산적이며 열려 있는 실체인 셈이다. 그들은 모든 사물을 사진처럼 정확하게 측량하는 렌즈와 같은 시선으로 바라본다. 그들은 삶의 개별적 요소들을 수집하고 정리한 뒤, 이를 혼합 및 증류하는 과학의 신봉자들로서, 일종의 결합과 용해의 화학실험을 추진해 나갔다.

이에 반해 도스토옙스키의 예술적 관찰과정은 마법적인 것과 분리해서 생각할 수 없다. 자연주의자들에게 과학이 예술이라면, 그에게는 마법이 예술인 것이다. 그는 화학작용을 실험하는 것이 아니라 현실의 연금술을 시도하며, 천문학이 아니라 영혼의 점성술을 실험한다. 그는 냉정한 연구자가 아니며, 환각상태에서 마법적 악몽과도 같은 삶의 깊이를 몽롱한 시선으로 들여다본다. 그럼에도 그의 현실을 뛰어넘는 환상은 자연주의자들의 정돈된 관찰보다 더욱 완벽하다. 그는 자료를 수집하지 않아도 모든 면에 치밀하다. 계산하지 않아도 가치기준이 제대로 서 있다. 사물의 맥박을 만져보지 않고서도 그의 천리안 같은 진단능력은 현상의 열기 속에서 비밀의 근원을 파악한다.

꿈처럼 애매한 상태에서도 뭔가를 명확히 인식하는 것이 그의 지적 재능인 것으로, 그의 예술에는 마법적인 어떤 것이 깃들어 있다. 한 번만 보면 단번에 세계를 파악하고, 한번 소묘하면 그림이 완성된다. 그에게는 자연주의자들처럼 스케치나 세부묘사가 필요 없다. 그는 마법으로 그림을 그린다. 라스콜리니코프, 알료샤, 표도르 카라마조프, 미슈킨에 이르는 그의 생동감 있는 주인공들을 한번 떠올리면, 그들은 우리의 감정 속에 소름끼치도록 깊숙이 들어와 있다.

도스토옙스키는 이들에 관해 어떻게 메모를 하는가? 아마 단 세 줄로 간략히 그들의 용모를 스케치하는 일종의 속기형식으로 적어놓았을 것이다. 그들의 첫 인상에 관해서는 특징을 나타내는 한 마디 낱말로 표현하고, 얼굴 생김새에 관해서는 네다섯 문장이 전부이다. 연령, 직업, 지위, 의복, 머리 색깔, 인상 등, 개개인을 묘사함에 있어 본질적인 모든 것은 단순히 속기로 압축되어 묘사된다. 그럼에도 인물들 각자는 하나같이 우리에게 뜨거운 감동을 준다.

그렇다면 이제 그의 마법적 사실주의와 철저 자연주의 작가들의 정확한 묘사를 비교해 보자. 졸라는 작업에 앞서 먼저 등장인물들의 전체적인 명세서를 준비한다(오늘날에도 이 특이한 문서를 찾아볼 수 있다). 즉, 소설의 문턱을 넘으려는 사람에겐 통행증과도 같은 공식적 인상착의서를 작성하는 것이다. 키는 몇 센티미터인지 정확히 재보고, 이는 몇 개 빠졌나를 적고, 뺨에 난 사마귀 수를 세보고, 수염을 만져보거나 피부의 부스럼도 살피고, 손톱까지 자세히 더듬어 본다. 그 사람의 혈액, 유전관계나 부채를 추적하고, 수입은 얼마인지 알아보기 위해 은행 통장을 찾아본다. 그는 외적으로 잴 수 있는 것은 모두 측정한다. 그렇지만 이 인물들이 움직이기 시작하자마자, 통일적 환상은 사라지고, 정교한 모자이크는 수천 개의 조각으로 깨어진다. 이제 남아 있는 것은 살아 있는 인간이 아니라 물리적 우연성뿐이다.

여기에 자연주의 예술의 오류가 나타난다. 자연주의자들은 소설의 시초부터 정지상태의 정확한 인간, 영혼의 수면 상태에 빠진 인간을 묘사한다. 그런 까닭에 그들의 이미지는 한낱 죽은 자의 가면을 충실하게 묘사한 쓸모없는 것에 불과하게 된다. 가면 속에는 살아 있는 자가 아니라 죽은 자의 모습이 드러난다. 그러나 정확히 표현하면 자연주의 작가들이 끝나는 곳에서야 비로소 도스토옙스키의 위대한 자연주의가 시작되는 것이다.

도스토옙스키의 인물들은 흥분, 열정 속에서 고조된 상태에 이르러서야 조형적으로 변한다. 자연주의 작가들이 육체를 통해 영혼을 묘사하려 한다면, 그는 영혼을 통해 육체를 표현하려고 한다. 열정이 그의 인물들을 바짝 끌어당겨 긴장시키고 나서야 비로소 그들의 눈동자는 감정으로 촉촉해지며, 시민적 침묵의 가면, 영혼의 경직상태가 그들에게서 떨어져 내린다. 그러고 나서야 그들의 이미지는 구체화된다. 이렇게 그의 인물들이 열정을 갖게 되어야만, 환상적 작가 도스토옙스키는 형상화하려던 작품에 다가선다.

그러므로 도스토옙스키의 작품에서 처음에는 어둡고 약간 그늘진 윤곽들은 우연한 것이 아니라 의도된 것이다. 우리는 마치 어두운 방안을 들어가듯 그의 소설로 들어간다. 윤곽만이 보이고, 정확히 느낄 수 없는 불분명한 목소리가 들려온다. 시간이 흐를수록 점점 익숙해지는데, 눈은 그만큼 예민해진다. 렘브란트의 그림처럼 깊은 여명으로부터 섬세한 영혼의 흐름이 인물들에게서 빛나기 시작한다. 인물들은 열정에 빠지고 나서야 빛을 향해 다가선다.

그의 작품에 나오는 인물은 열정을 달구어야만 비로소 눈에 띈다. 신경이 팽팽하게 긴장되어 터져야만 비로소 소리가 울린다. "그의 작품에서는 영혼을 얻고자 육체가 형성되며, 열정을 얻고자 이미지가 형성된다." 달구어지고 나서야 인물들의 내부에서 특이한 열병이 시작된다. 그의 인물들은 모두가 변화하는 열병의 상태를 나타내는데, 바로 이때 도스토옙스키의 사실주의가 시작된다. 말하자면 개별적인 것들을 포획하려는 마법의 사냥이 신호탄을 울리는 것이다. 그제야 그는 아주 작은 움직임도 따라가 찾아내고, 미소도 발굴하며, 착종된 감정의 구불구불한 여우굴 속을 기어 다닌다. 무의식이라는 어두운 세계까지 인물들의 발자취를 더듬는다. 따라서 모든 움직임은 조형적으로 묘사되고, 모든 생각은 수정처럼 명료하게 결정화된다. 쫓기는 영혼들이 극적인 것 안으로 휩쓸려 들어가면 갈수록, 영혼은 내부에서 불타오르고, 본질은 더욱 투명해진다.

그의 작품에 나타나는 파악할 수 없는 피안의 상황들, 즉 병적이고 최면에 걸린 듯한 간질 발작의 상황들은 임상학적 진단의 정확성과 기하학적 인물의 뚜렷한 윤곽을 지니고 있다. 가장 미세한 뉘앙스조차 희미해지는 법이 없고, 가장 작은 떨림조차 그 날카로운 의미를 상실하지 않는다. 다른 작가들이 초자연적 광채에 현혹되어 단념하고 외면한 그 지점에서 그의 사실주의가 분명하게 가시회된다. 인간이 자기 가능성의 한계를 깨닫고, 지식이 거의 광기가 되어 버리고, 열정이 범죄로 변하는 바로 그 순간들이 그의 작품이 보여주는 최고의 환상적 상황인 것이다.

우리가 라스콜리니코프의 이미지를 곰곰이 생각해 보면, 그는 거리나 방에서 어슬렁거리는 백수, 25세의 젊은 의학도, 또는 이런 저런 특징을 지닌 인물 정도로는 떠오르지 않는다. 그보다는 잘못된 열정이 자아내는 극적 환상의 순간이 우리의 뇌리를 강렬하게 두드린다. 그는 손을 떨고, 이마에는 식은땀을 흘리며, 눈은 질끈 감은 채 살인을 저질렀던 집의 계단을 살그머니 올라간다. 그는 결국 자신의 고통을 비밀스런 황홀경 속에서 또 한 번 감각적으로 향유하고자 피살자의 집 문고리를 잡아당기는 것이다. 우리는 디미트리 카라마조프가 혹독하게 심문을 받을 때, 분노에 치를 떨고 입에 거품을 문 채 광분하여 주먹으로 탁자를 박살내는 모습을 보기도 한다. 그

밖에도 레오나르도가 웅장한 풍자화 안에 그로테스크한 육체와 그것의 변태를 그려 넣듯, 우리는 도스토옙스키가 가장 흥분된 감정의 절정상태에서 인간을 형상화함을 언제나 보곤 한다.

도스토옙스키는 인간의 영혼이 일반적 형식을 밀치고 나오는 바로 그곳에서 인간 영혼의 충일을 파악한다. 아마도 인간이 자기 가능성의 극단을 넘어서는 짧은 순간이 이에 속할 것이다. 그는 화해라든가 조화와 같은 중간 상황을 증오했다. 오로지 특별한 것, 눈에 보이지 않는 것, 마법적인 것만이 그의 예술적 열정을 자극하여 위대한 사실주의에 이르게 했다. 그는 진기한 것을 가장 조형적으로 훌륭하게 형상화하는 예술가이자, 일찍이 예술이 알고 있던 민감한 병적 영혼의 가장 위대한 해부자이다. 그가 그의 작중인물의 내부로 파고드는 데 사용한 도구는 바로 언어이다. 괴테는 시각을 통해 모든 것을 묘사한다. 바그너가 적절히 차이점을 언급했듯이 괴테는 눈의 인간이고, 도스토옙스키는 귀의 인간이다.

도스토옙스키는 먼저 그의 인물들이 하는 말을 들은 뒤 그들이 이야기하도록 시켰다. 그렇지만 우리는 그들을 눈으로 보고 있는 것처럼 느낀다.

메레슈콥스키는 다음의 두 러시아 서사작가에 대한 천재적 분석을 통해 이렇게 표현한 바 있다. "톨스토이의 경우 우리는 보기 때문에 듣는 것이고, 도스토옙스키에서는 우리가 듣기 때문에 보는 것이다." 도스토옙스키의 인물들은 말을 하지 않는 한 그림자 내지 혼령이다. 언어가 그들의 영혼을 피어나게 하는 촉촉한 이슬인 것이다. 환상의 꽃들처럼 그들은 대화를 통해 내면을 열고, 색채와 풍부한 꽃가루를 보여준다. 토론을 하면서 그들은 달아오르고, 영혼의 잠에서 깨어나 각성된다. 도스토옙스키의 예술적 열정은 앞서 언급했듯이 이런 열정적 인간을 향한다.

그는 영혼 자체를 이해하기 위해 그들의 영혼 밖으로 말을 유인해 낸다. 세부적인 것의 마법적, 심리적 형안은 종국적으로 예민한 청력과 다른 것이 아니다. 세계문학의 어떤 작품을 견주어도 그의 인물의 말보다 더 완벽한 조형적 구조는 존재하지 않는다. 낱말의 설정은 상징적이고, 언어의 형상은 우연성이라곤 없을 만큼 특징적이다. 모든 음절의 분절, 강세 없는 어조는 필수적이다. 휴지와 반복, 호흡과 말 더듬는 것까지도 중시되고 있어서 이미 표현된 언어조차 어떤 억눌린 공명共鳴이 나타난다.

우리는 그의 작품에 나타난 대화로부터 각자가 말하거나 말하고자 하는 것만을 듣는 것이 아니라 그들의 침묵까지도 소리로서 듣게 된다. 영혼의 소리를 듣는 이런 천재적 사실주의는 언어의 가장 비밀스런 상태에까지 깊숙이 파고든다. 이를테면 그것은 취객의 알 수 없는 주정소리, 간질 발작 시에 발생하는 짜릿한 황홀감과 헐떡이는 소리, 거짓된 착종의 덤불숲으로까지 파고든다. 뜨거운 말의 증기로 영혼이 생겨나고, 영혼으로부터 육체가 점차 결정화된다. 독자는 그의 작중인물들의 말하는 소리를 듣자마자, 꿈을 꾸듯 그들의 생동하는 모습을 천리안으로 보게 된다.

　도스토옙스키는 그의 인물들을 도식적으로 묘사하는 것을 절제하고 있는데, 왜냐하면 우리의 독자들이 그들의 대화에 맥없이 동화되어 잘못된 환상을 가질 수 있기 때문이다. 그 예를 《백치》에서 찾아보기로 하자. 이 소설에서 병적으로 거짓말을 하는 늙은 장군은 영주 미슈킨과 함께 걸어가며 과거의 추억을 이야기한다. 역시나 그의 거짓말이 시작되고, 자신도 거짓말 속으로 깊이 빠져들어 그것에 휩쓸린다. 그는 거짓말을 계속 늘어놓고, 또 늘어놓는다. 거짓말이 홍수가 되어 사방으로 넘쳐흐른다. 작가는 거짓말쟁이의 태도를 어느 곳에서도 묘사하지 않는다. 그렇지만 나는 그의 말과 무의식적인 실수, 중지, 신경질적 조급함에 의해 그가 영주 미슈킨과 대화하면서 어떻게 자신의 거짓말에 말려들어 자승자박하는지 짐작할 수 있다. 혹시나 영주가 의심치 않을까 조심스레 곁눈질하면서 이제라도 자신의 말을 중단시켜 주길 바라는 모습을 눈앞에 그려볼 수 있는 것이다. 이마에는 땀방울이 흘러내리고, 얼굴은 처음에는 고무되었다가 이내 불안으로 떨면서, 매를 맞을까 두려워하는 개처럼 움츠러든 모습이 눈에 선하다. 그런가 하면 거짓말쟁이의 온갖 노고를 느끼고 있으면서도 애써 자제하는 영주의 모습도 눈앞에 그려진다.

도스토옙스키는 대체 이런 묘사를 어디에 하고 있는 것일까? 작품의 어느 구석에서도 단 한 줄 찾아볼 수 없으나, 그의 얼굴의 주름살이 생생하게 그려지는 듯하다. 어법이나 억양, 음절의 위치 등 어디에나 이 마술사의 비법이 감추어져 있다. 더욱이 사실적 묘사기법은 마술 같아서 외국어 번역에 따른 낯섦에도 불구하고 그의 인물의 영혼은 날아오른다.

그의 작품에서 인물의 전체적 성격은 언어의 리듬에 있다. 그의 천재적 직관은 아주 미소한 단위, 거의 1음절로 압축되어 표출된다. 표도르 카라마조프가 그루센카의 편지봉투에 그녀의 이름으로 "나의 사탕!"이라고 썼을 때, 우리는 늙은 무뢰한의 뻔뻔스런 모습은 물론, 성치 않은 이빨들 사이로 침이 흘러내려와 입술을 더럽히는 것을 보게 된다. 그리고 《죽음의 집의 기록》에서 사디스트 대대장이 태형을 가하며 "때―려, 때―려!"라고 외칠 때, 이 작은 생략부호 안에 그의 전반적 성격과 난폭함, 정욕에 헐떡거리는 이글거리는 눈동자, 붉게 상기된 얼굴, 사악한 쾌감을 내뱉는 기침 등 많은 것이 내포되어 있다.

도스토옙스키에게서 이런 사실주의적 세부묘사는 날카로운 낚싯바늘처럼 감정의 내부로 파고들어 어려움 없이 낯선 체험을 낚아 올린다. 이는 그의 가장 탁월한 예술수단인 동시에 계획적 자연주의에 대한 직관적 사실주의의 가장 큰 승리를 의미한다. 물론 그가 이런 세부묘사를 아무 때나 마구 사용한다는 것은 아니다. 그는 다른 많은 작가들이 응용한 지점에 자기 고유의 것을 설치해 놓는다. 그러나 최종 진리에 완벽하게 부합되는 개별요소를 위하여 탐욕스런 세련화 작업을 반복한다. 그는 이렇게 준비한 개별요소를 우리가 전혀 기대하지 않았던 최절정의 순간에 내보임으로써 우리를 깜짝 놀라게 한다.

언제나 그는 냉혹한 손으로 황홀의 잔에 현세성이라는 분노의 술을 따른다. 그럴 수밖에 없는 것이 그에게 현실적이고 참된 것이란 반낭만적, 반감상적인 것을 뜻하기 때문이다. 그는 자신이 분열되었다고 느끼듯 우리도 분열을 즐기기를 원한다. 어떤 조화나 균형도 원치 않는다. 언제나 그의 작품들에는 갈라져 떨어진 분열상이 존재한다. 이럴 때면 그는 악마적 세부묘사를 통하여 가장 숭고한 찰나의 시간을 깨뜨리고는, 신성한 삶에 내재된 진부함을 조롱한다.

《백치》에 나타난 비극을 떠올리면, 비교가 좀더 뚜렷해질 것이다. 로고신은 나스타샤 필리포프나를 살해한 뒤 형제인 미슈킨을 찾아 나선다. 거리에서 그를 발견한 로고신은 주먹을 휘두른다. 둘 사이에는 말이 필요 없다. 공포의 예감이 모든 것을 알려주고 있었다. 그들은 길을 건너서 피살자가 누워 있는 집으로 향한다. 뭔가 엄청난 예감이 한꺼번에 일어나 사방에 울려 퍼진다. 삼정으로는 형제인 두 철천 지원수가 피살자의 방으로 들어간다. 죽은 필리포프 나가 그곳에 누워 있다.

우리는 이제 그들이 둘 사이를 갈라놓은 여자의 시체 옆에 마주서서 마지막으로 무엇인가 말할 것이라는 것을 예감한다. 그렇다, 대화가 곧바로 이어진다.—그런데 이때 온 하늘은 잔인하게 타오르는 악마적 정신의 빈틈이라곤 없는 즉물성에 의해 파괴된다. 그들은 처음이자 마지막으로— 시체에서 악취가 풍길지에 관해 태연하게 말한다. 로고신은 단호하고 냉정하게 말한다. "좋은 미국산 방수포를 사서 소독약 4병을 거기에 부었지."

이런 세부묘사를 나는 도스토옙스키 작품이 지닌 사디즘적, 악마적 세부묘사라고 칭한다. 왜냐하면 여기서는 사실주의가 단순히 예술기법상의 개념 이상이기 때문이다. 나아가 그의 사실주의는 형이상학적 보복이고, 비밀스런 환락의 돌출, 강렬한 반어적 실망이기 때문이다. "4병!"이라는 수학적 수치, "미국산 방수포"라는 잔인한 세부묘사, 그것은 영적 조화의 의도적 파괴인 동시에 감정 통일에 대한 무자비한 모반인 것이다.

그는(반낭만주의자, 반감상주의자로서) 고의적으로 이런 장면을 아주 평범한 곳에 배치한다. 맥주와 브랜디의 역겨운 냄새가 풍기는 누추한 지하 술집, 나무 칸막이로 나눠진 침침하고 비좁은 "주검"의 방은 있어도 화려한 살롱이나 호텔, 궁전, 은행 따위는 보이지 않는다. 의도적으로 그의 인물들은 겉보기에 "흥미 없는", 결핵에 걸린 여자들, 타락한 대학생, 게으름뱅이, 난봉꾼, 건달 등이 등장하는데, 그들은 하나같이 사교성이라곤 없는 인물들이다. 그러나 바로 이 음울한 일상에서 그는 시대의 가장 위대한 비극을 설정해 놓았다. 비참한 것으로부터 숭고한 것이 환상적으로 떠오르는 것이다.

그에게서 외적 냉담과 영혼의 도취, 공간적 빈곤, 방탕한 피를 대조하는 것보다 더 악마적으로 작용하는 것은 없다. 술집에서는 만취한 사람들이 앞으로 도래할 러시아, 즉 제3세국의 부활을 예고하고, 성스러운 알료샤가 전설을 이야기하는 동안 창녀가 그의 무릎 위에 앉아 있다. 사창가와 도박장에서는 성직자들이 선과 복음을 전파하고 있다. 라스콜리니코프가 보여주는 가장 숭고한 장면은 살인자가 엎드려 전 인류의 고통 앞에 고개를 숙이는 모습으로, 이 장면은 말더듬이 재단사 카페르나우모프의 집, 한 창녀의 모퉁이 방에서 이루어진다.

차갑거나 뜨겁거나 끊임없는 감정의 순환은 도스토엡스키의 경우 결코 미지근한 법이 없다. 그의 열정은 완전히 요한계시록의 의미에 따라 삶을 뜨겁게 달군다. 그렇게 달구어진 감정을 그는 불안이 압도할 때에야 버린다. 이런 까닭에 독자들은 그의 소설을 읽을 때 잠시도 눈을 돌리지 못하며, 부드러운 음악적 삶의 리듬 속으로도 빠져들지 못한다. 페이지를 넘길 때마다 숨 쉬기가 어렵고, 마치 전기 충격을 받을 때처럼 짜릿한 희열에 몸을 떤다. 점점 더 뜨겁고, 불안하고, 호기심에 빠져서 어쩔 줄 모른다. 우리가 그의 문학적 위력 속에 있는 한, 우리는 그 자신과 흡사해진다. 도스토옙스키는 영원한 이원론자로서, 분열의 십자가를 짊어진 인간으로서 자기 자신과 작중인물들에게 했듯이 독자의 감정통일을 여지없이 깨트려 버린다.

그렇지만 그의 작품의 진리가 이런 마력에 의해 완성되었음에도 불구하고 왜 이 모든 작품의 현세성은 우리에게 현세를 초월하는 것처럼 작용하는 것일까? 무엇 때문에 그 세계는 우리의 세계와 같으면서도 다른 세계처럼 다가서는 것일까? 우리는 뜨거운 마음으로 그 세계에 깊숙이 들어와 있으면서도 왜 낯설게만 느껴지는가? 왜 그의 소설에는 빛과 같은 그 무엇이 불타오르고, 왜 거기에는 환각과 꿈에서나 볼 수 있는 그런 공간이 존재하는가? 왜 우리는 이 철저한 사실주의자를 현실의 서술자라기보다 매번 몽유병자로 느끼는가? 그 모든 열정과 황홀에도 불구하고 무엇 때문에 풍요로운 태양이 아니라 핏빛으로 빛나는 고통스런 극광이 있는 것일까? 왜 우리는 주어진 삶에 대한 진실한 묘사를 삶 자체로 느끼지 못하는가? 왜 우리 자신의 삶이라고 생각하지 못하는가?

이런 물음에 대한 답을 찾아보고자 한다. 비교의 가장 훌륭한 기준조차도 그에게는 너무나 하잘것없는 것이다. 그의 작품은 세계문학에서 가장 숭고한 불멸의 작품으로 평가되고 있기 때문이다. 내게 카라마조프의 비극은 오레스테스의 복수, 호머의 서사시, 괴테 작품의 숭고한 윤곽보다 부족하지 않다고 생각된다. 세계문학의 대다수 작품들조차 도스토옙스키에 비하면 어딘가 단순 평범하며, 인식능력에 있어서도 떨어지고, 미래지향성이 부족하다. 그럼에도 세계문학의 작품들은 우리들 마음에 부드럽게 와 닿고 친근하며, 무엇보다 감정의 구원을 제시한다. 이에 반해 도스토옙스키의 작품은 인식만을 날카롭게 전달한다. 그 작품들은 긴장을 풀어주는 역할 때문에 인간적이라는 평가를 받는다고 생각된다. 다시 말해 그 작품들은 빛나는 하늘과 세상, 초원과 들판의 공기, 천상의 별빛이라는 신성한 틀을 지니고 있다. 거기서는 우리의 감정이 소스라쳐 놀랐다가도 어느 순간 긴장이 풀리며 자유로워진다.

호머의 경우를 예로 살펴보자. 인간의 피비린내 나는 살육 현장인 전쟁의 한가운데서 그의 작품의 다음 몇 행이 상황을 노래하고 있다. "사람들은 소금기 어린 바닷바람을 호흡하고, 그리스의 은빛 광채는 피의 현장을 비춘다. 축복받은 감정은 인간의 파괴적 투쟁을 영원한 존재에 대항하는 헛된 망상으로 인식한다. 이제 사람들은 숨을 쉬고, 인간적 번뇌에서 구원된다." 괴테의 파우스트 역시 유사하다. 파우스트는 부활절 일요일을 맞이하여 자신의 고뇌를 균열된 자연 속으로 날려 보내고, 환희를 봄의 세계로 던져 넣는다.

이 작품들에서 인간세계의 배경인 자연은 구원을 받는다. 그러나 도스토옙스키에게 긴장완화의 풍경은 존재하지 않는다. 그의 우주는 세계가 아니라 오로지 인간이다. 그는 음악에 대해서는 귀머거리요,

그림에 대해서는 장님이다. 일정에 대해서도 세련되지 못하다. 자연과 예술에 대단히 냉담한 반면, 인간에 대한 한정 없는 탁월한 지식을 보상받는다. 그저 인간적인 것에 머무른다는 사실로 말미암아 우울해진다. 그의 신은 사물이 아니라 영혼 속에 살고 있다. 하지만 그리스와 독일의 작품들이 복되고 자유롭게 가꾸어 놓은 범신론의 소중한 결실이 그에게는 없다. 그의 작품들은 통풍이 안 되는 방, 러시아의 거리, 술 냄새 자욱한 목로주점을 배경으로 한다. 그 안에는 우울한 인간들의 너무나 인간적인 대기가 차 있고, 그것은 바람과 계절의 순환에 의해서도 말끔히 씻겨 나가지 않는다.

어쩌면 독자들은 《죄와 벌》, 《백치》, 《카라마조프의 형제들》, 《젊은이》 등의 위대한 작품들에서 어떤 계절 또는 풍경을 배경으로 하는지 기억해 내려 할지 모른다. 봄, 여름, 아니면 가을이던가? 아마 그 어디에서도 찾지 못할 것이다. 독자들은 그것을 느끼지 못한다. 호흡하거나 냄새 맡지도, 감지하거나 체험하지도 못한다. 그의 작품들은 인식의 번갯불이 돌발적으로 번쩍이는 마음의 어두운 곳만을 배경으로 한다. 별이나 꽃, 정적과 침묵도 없는 두뇌의 비어 있는 우묵한 공간을 배경으로 한다.

대도시의 연기가 도스토옙스키 작품에 깃든 영혼의 하늘을 어둡게 한다. 그의 작품에는 인간의 저 축복받은 긴장완화가 없다. 인간이 자기 자신과 고통으로부터 무감하고 열정이 없는 곳으로 시선을 돌릴 때 일어나는 긴장완화, 구원의 휴식상태가 존재하지 않는다. 이런 모습은 그의 인물들이 곤궁 및 우울의 회색 벽과 대조를 이루는 그의 책들 속에 드리워진 그림자와도 같다. 그의 인물들은 현실세계에 자유롭고 명료하게 있는 것이 아니라 무한한 감정 속에만 존재하고 있다. 그의 영역은 자연의 세계가 아니라 영혼의 세계, 인간의 세계일 따름이다.

하지만 그의 작중인물 개개인 역시 놀랄 만큼 논리적 유기체로서는 결함이 없다. 어떤 의미에서는 그들은 전반적으로 비현실적이다. 꿈에서 유래하는 여러 형상들이 그들에게 달라붙어 있으며, 그들의 발걸음은 마치 그림자처럼 무한한 공간으로 내딛는다. 그렇다고 그들이 참되지 않다고는 말할 수 없다. 반대로 그들은 지극히 진실하다. 그도 그럴 것이 도스토옙스키의 심리학은 결함이 없기 때문이다. 그러나 그의 인물들은 육체가 아닌 영혼으로 독특하게 형성되었기 때문에 조형적이 아니라 감각적인 것으로 느껴진다. 우리 모두는 그의 인물을 단지 감정의 변환, 신경과 영혼의 존재로서만 인식하여 그들의 육체에도 피가 흐른다는 사실은 거의 잊을 지경에 이르렀다. 물론 그들의 육체를 털끝이라도 만져 본 사람은 없다. 2만 페이지에 달하는 그의 작품에는 그의 인물들 가운데 누가 앉고, 먹고, 마시는지 전혀 서술되어 있지 않다.

그들은 항상 느끼고 말하고 투쟁할 따름이다. 천리안을 가지고 꿈을 꿀지언정 잠은 자지 않는다. 쉬지도 않을 뿐만 아니라, 늘 열병을 앓고 생각에 잠긴다. 그들은 결코 식물이나 짐승처럼 무감동하지 않고, 멍청하게 있거나 게으름도 피지 않는다. 언제나 움직이고 긴장하면서 깨어 있다. 지나치게 깨어 있어서 오히려 그것이 문제가 된다. 그들은 언제나 존재의 최상급으로 살아간다. 그들 모두 도스토옙스키의 영적 통찰력을 지니고 있다. 모두가 형안과 텔레파시의 소유자인 반면, 환각으로 몽롱한 상태에서 지낸다. 나아가 심리학적 지식을 바탕으로 그들 본질의 마지막 깊은 곳까지 파고든다. 우리 자신을 되돌아볼 때 대다수의 사람들은 평범하고 진부한 삶속에서 서로 갈등을 일으키고 운명과 싸우고 있다. 단지 서로 이해하지 못한다는 이유로, 아니면 현세적인 이해력만 지니고 있기 때문에 투쟁한다.

인류에 대한 또 하나의 위대한 심리학자 셰익스피어는 그의 비극의 절반 정도를 인간과 인간 사이에 충동의 돌, 운명으로서 놓여 있는 저 어두컴컴한 무지의 토대 위에 구축했다. 리어 왕은 딸의 고결한 마음, 수줍음 속에 감추어진 사랑의 위대함을 예감하지 못했기에 딸을 오해하게 되었다. 오셀로는 다시 늄 이아고를 교사사로 단정하고, 시저는 자신의 살해자 브루투스를 사랑했다. 그들 모두 현세의 참된 본질, 환멸 때문에 몰락한다.

세익스피어의 작품에서는 실제의 삶에서처럼 오해나 현실의 불충분성이 비극적 동인이거나 갈등의 원천이 된다. 반면에 너무 해박한 도스토옙스키의 인물들은 오해를 알지 못한다. 그들은 언제나 다른 인물에 대해 예언자처럼 앞을 내다본다. 그들은 부단히 서로 이해하고, 말도 꺼내기 전에 입에서 말을 빨아들이고, 느낌이라는 모태로부터 사고를 받아들인다. 무의식, 잠재의식이 그들에겐 지나치게 발달되어 있어서 그들 모두가 예언가이자 예시자, 환상에 들떠 있는 자들이다. 도스토옙스키는 그들에게 자기 존재 및 의식을 신비하게 투시하는 능력을 과도하게 부여했다.

이를 더 명확히 하기 위해 예를 들어 보겠다. 나스타샤 필리포프나는 로고신에게 살해된다. 그녀는 그를 처음 본 날부터 예감한다. 그가 자신을 살해하리라는 것을 엿듣게 된 순간에는 이를 확연히 알게 된다. 그랬기에 멀리 달아났지만, 자신의 운명을 열망했기에 되돌아온다. 심지어 그녀는 자신의 가슴을 관통하게 될 칼을 몇 달 전에 예측하고 있었다. 로고신도 이를 미리 알고 있었고, 그들 둘 다 그 칼을 알고 있었다. 그 밖에 로고신의 형제인 미슈킨 역시 알고 있었다. 언젠가 로고신이 대화를 나누던 중 우연히 그 칼을 가지고 장난치는 것을 보았을 때, 미슈킨의 입술은 파르르 떨린다.

이와 마찬가지로 표도르 카라마조프가 살인할 때에도 이 사실을 알 수 없는 자가 모든 것을 알고 있다. 노인은 범죄의 낌새를 알아차렸기 때문에 무릎을 꿇었고, 조롱꾼 라키틴도 징후를 알고 있다. 알료샤의 경우 아버지와 작별할 때 그의 어깨에 입맞춤했고, 그러면서 아버지를 다시는 볼 수 없으리라는 것을 직감한다. 그런가 하면 이반은 범죄의 증인이 되지 않으려고 체르미슈나로 떠난다. 이때 추잡한 인간 스메르자코프는 그에게 미소를 지으며 예언한다. 여러모로 믿기지 않는 과도한 예언적 인지능력으로부터 그들 모두가 날짜, 시간, 장소까지 알고 있다. 그들 모두가 예언가이자 인지 능력이 뛰어난 전지자이다.

심리학의 관점에서 볼 때 우리는 예술가에게서 모든 진리의 이중형식을 인식할 수 있다. 도스토옙스키가 인간을 이전의 어느 누구보다 깊이 인지하긴 했지만, 인류에 대한 전문가로서 셰익스피어는 그를 능가했다. 셰익스피어는 현존재의 복합성을 인식하고, 장엄한 것과 평범한 것 내지 사소한 것을 대비시켰다. 이와는 달리 도스토옙스키는 개별 존재를 무한한 과정 속으로 상승시킨다. 셰익스피어가 육체를 통해 세계를 인식했다면, 도스토옙스키는 정신을 통해 세계를 인식한다. 그의 세계는 아마 가장 완벽한 환각의 세계이자 영혼의 심원한 계시적 꿈이며, 현실을 초월하는 꿈이다.

그렇다! 사실주의는 자신의 한계를 넘어서서 환상에 도달한다. 모든 경계를 뛰어넘는 초현실주의자 도스토옙스키는 현실을 묘사한 것이 아니다. 그는 자신의 한계를 넘어서서 높이 상승했다. 따라서 세계는 내면으로부터, 요컨대 영혼으로부터만 예술로 형성되고 결집되고 구원받는다. 가장 심원하고 인간적인 이런 유형의 예술은 문학, 러시아, 그 어느 곳에서도 선조를 찾을 수 없다. 이런 작품은 아득히 먼 곳에서만 형제를 만날 수 있을 뿐이다. 궁핍과 경련, 인간으로서 겪는 과도한 고통은 때때로 가혹한 운명의 위력 앞에서 몸부림치지 않을 수 없었던 그리스의 비극작가들을 떠올리게 한다. 그런가 하면 때로는 신비하면서도 잔혹한 영혼의 슬픔을 겪었던 미켈란젤로를 생각하게 된다.

그러나 시대를 초월한 도스토옙스키의 진정한 형제는 렘브란트이다. 두 사람 모두 세상이 가져다 준 빈곤, 결핍, 멸시, 배척의 삶에서 유래했고, 금전이라는 형리에 의해 인간 존재의 가장 깊은 나락으로 추방되었다. 두 사람 모두 빛과 어둠의 영원한 투쟁인 창조적 대립의 의미를 알고 있었다. 나아가 존재의 진지함으로부터 얻어진 영혼의 신성함보다 더 아름다운 것은 없다는 사실도 인식하고 있었다. 도스토옙스키가 그의 성자들을 러시아 농부나 범죄자, 노름꾼에서 찾아낸 것처럼, 렘브란트도 그의 성서적 인물들을 항구 뒷골목 사람들로부터 형상화했다. 둘 다 가장 비천한 삶의 형식 속에 신비하고도 새로운 미를 숨겨두었다. 둘 다 밑바닥 인생을 살아가는 사람들 속에서 그리스도를 발견했다.

그들은 대지의 힘이 분출하는 작용과 반작용, 빛과 어둠의 유희를 인식했다. 이 같은 유희는 생동하는 것과 영적인 것을 강력히 지배함으로써, 삶의 마지막 어둠으로부터 빛을 얻어낸다. 우리가 렘브란트의 그림과 도스토옙스키 작품의 심오함을 간파하면 할수록, 우리는 세속적·정신적 형식의 최종 비밀인 전인적 인간을 알게 된다.

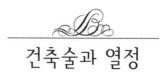

건축술과 열정

사랑을 자로 재려는 자가 어떻게 사랑을 알겠는가!
-라 보에티

"당신은 모든 것을 열정으로 몰고 가는군요." 나스타샤 필리포프냐의 이 말은 도스토옙스키의 모든 인물에게 적용되는 말인 동시에 무엇보다 자기 자신, 그의 영혼의 정곡을 찌른다. 이 강력한 존재는 삶의 여러 현상에 늘 열정적으로 대처한다. 이런 까닭에 그의 예술에 대한 사랑은 가장 열정적일 수밖에 없다.

도스토옙스키의 경우 창조적 과정 내지 예술적 노력은 조용하고 질서 있게 구성되고, 냉철하게 계산된 건축술이라는 것은 당연하다. 열병을 앓는 가운데 사색하고 생활하듯, 그는 열기 속에서 글을 쓴다. 그는 작은 진주구슬을 굴리듯 종이 위로 낱말들을 재빨리 흘린다. 그럴 때면 손목의 맥박은 평소보다 두 배로 뛴다(열정적 인간들이 그랬듯이 신경질적으로 글을 빨리 쓴다).

무엇인가 창조한다는 것은 황홀, 고통, 환희, 매혹, 파괴이고, 동시에 고통으로 고양된 쾌락, 쾌락으로 고양된 고통이다. 22세의 그는 "눈물을 흘리며" 처녀작 《가난한 사람들》을 썼고, 그 이후의 모든 작업은 위기와 질병을 거듭 동반한다. "나는 고통과 근심으로 예민해져 글을 쓴다. 힘겹게 작업할지라도 육체적으로는 병들어 있다." 실제로 그의 신비로운 질병인 간질은 뜨겁고 도취적인 리듬으로 암울하고 답답한 마비 증세를 보이며 그의 작품의 가장 세세한 부분까지 파고든다. 하지만 그는 늘 발작의 고통 속에서 사력을 다 해 창작에 매달린다. 신문 기사처럼 지극히 세밀하고 딱딱해 보이는 부분까지도 대장간의 뜨거운 화덕에 부어져 새롭게 주조된다.

그는 단순히 창조력의 분리된 부분, 자유롭게 작용하는 단면만을 가지고 손쉽게 작업하는 것은 결코 아니다. 그는 늘 자신의 물리적 자극을 사건으로 부풀어 오르게 한다. 그리하여 신경이 저리도록 고민하고 아파하면서 마침내 작중인물을 탄생시킨다. 그의 모든 작품들은 마치 엄청난 기압에 의해 폭발하듯 격정의 벼락들 사이를 지나간다. 그에게 창작이란 내적, 심정적 참여 없이는 불가능하다. 스탕달에 대한 다음 명언은 그에게 통용된다. "감정이 없는 사람은 영혼도 없다."

그러나 예술에서는 열정이란 무엇인가 형성하는 힘이기도 하지만, 파괴적 요소이기도 하다. 열정은 혼돈의 힘만을 창출하지만, 정신이 명쾌할 경우 불멸의 형식을 구해내기도 한다. 모든 예술은 창작의 동인으로서 불안을 필요로 하지만, 완성을 위해서는 조용히 휴식하며 명상하는 것도 필요하다. 도스토옙스키의 현실을 강력하게 투시하는 정신의 명료함은 위대한 예술품을 두르는 대리석이나 놋쇠의 냉정함을 잘 알고 있는 것이다. 그는 위대한 건축양식을 사랑하고 숭배하며, 세계상에 대한 탁월한 척도 및 고귀한 질서를 설계한다.

하지만 항상 열정이 넘쳐서 기반을 무너트린다. 객관성을 창출하려는 예술가로서도, 외부에 머물며 객관적으로 서술하고 형상화하는 서술자로서도, 사건을 보고하고 감정을 분석하는 서사작가로서도 그의 노력은 헛되고 말았다. 고통과 이에 대한 공감에 빠진 채 그의 열정은 자신만의 주관적 세계로 다시 끌려 들어간다. 완성된 작품조차도 초기의 혼돈으로부터 조화가 이루어지지 못한다(그의 은밀한 사상을 노출하는 이반 카라마조프는 "나는 조화를 증오한다"고 외친다). 형식과 의지 사이에 화평이나 타협은 존재하지 않는다. 본질의 영원한 균열만이 있을 뿐으로, 모든 형식들은 차가운 껍질에서 뜨거운 핵심으로 침투해 들어간다! 외부와 내부 사이에 끊임없는 투쟁이 있을 따름이다. 그의 본질의 끊임없는 이원성은 서사작품에서 건축술과 열정의 투쟁이라고 불린다.

도스토옙스키는 그의 소설들에서 소위 전문용어로 '서사적 해설'이라 할 수 있는 것, 감동적인 사건을 조용한 서술로 억제하는 서사적 비법에는 도달하지 못했다. 그것은 서사시인 호머에서 고트프리트 켈러와 톨스토이에 이르기까지 일련의 연속적 흐름으로 대가들 사이에 계승되어 온 것이다. 반면 도스토옙스키는 열정적인 세계를 구축했고, 따라서 독자 역시 열정을 가지고 흥분해야만 그 세계를 향유할 수 있다. 독자는 질병을 물려받듯 그의 인물들의 위기를 그대로 물려받는다. 그러면 독자들은 짜릿한 흥분 속에서 카타르시스라도 체험하는 것 같은 상태를 맛본다.

그는 우리의 5감을 자극함으로써 그의 불타는 대기 속으로 빠져들게 하며, 영혼의 나락 끝으로 우리를 밀어붙인다. 거기서 우리는 감정의 혼란에 빠진 채 가쁜 숨을 헐떡이며 서 있게 된다. 그의 인물들의 박동처럼 맥박이 뛸 때에야 비로소 우리 역시 그의 마법적 열정에 귀속된다. 그럴 때에야 비로소 그의 작품은 완전히 우리의 것이 되고, 우리 역시 그의 작품에 완전히 속하게 된다. 그럼에도 부인되거나 은폐 또는 미화될 수 없는 사실은 그와 독자의 관계가 친밀하거나 유쾌한 사이가 아니라 위태롭고 두려운, 환락본능에 가득 찬 불화의 관계라는 점이다. 이는 다른 작가들의 경우처럼 우정과 신뢰의 관계가 아니라, 남녀 사이의 애정 관계와도 흡사하다.

디킨스, 켈러 및 그의 동시대 작가들은 부드러운 설득, 음악적 유혹으로 독자를 그들의 세계로 조용히 인도한다. 그들은 친근하게 담소하며 독자를 사건 속으로 끌어들인다. 열정적 인간 도스토옙스키는 단순히 우리의 호기심이나 흥미를 끌려는 것이 아니라, 우리의 영혼, 우리의 육체까지도 몽땅 소유하려고 열망한다. 우선 그는 내면의 대기를 충전시키고 나서 우리의 감수성을 세련되게 고취시킨다. 그의 열정적 의지 속에 들어가면 일종의 최면상태, 의지의 상실이 발생한다. 그는 중얼중얼 주문을 외우듯 무한히 대화를 지속함으로써 우리의 감각을 사로

잡는다. 나아가 비밀과 암시를 통해 우리에게 관여함으로써 우리의 가장 깊은 곳까지 자극한다. 그는 독자가 너무 일찍 작품에 몰입하는 것도 참지 못한다. 오히려 그는 준비단계의 고통을 느긋하게 즐긴다. 그러면 우리의 마음속 불안이 조용히 작품에 대한 관심으로 발전하기 시작한다.

그러나 그는 항상 새로운 인물을 내세우거나 새로운 이미지를 펼치기를 주저한다. 사건에 대한 통찰의 기회 또한 지연시킨다. 성에 대해 잘 아는 쾌락주의자 도스토옙스키는 악마적인 의지력으로 자신과 독자가 작품에 몰입하는 것을 억제하고, 그럼으로써 내부의 압력, 내적 대기의 흥분상태를 상승시킨다 (라스콜리니코프의 경우 독자는 이 모든 무의미한 영적 상태가 살인의 준비단계였다는 사실을 예리한 신경으로 미리 감지하고 있지만, 그 사실을 확실히 알기까지는 참으로 오랜 시간이 걸린다).

하지만 그의 감각적 환희는 세련되기 위한 지연과정을 거쳐 감동에 이르고, 작은 암시들을 바늘로 찌르듯 감각의 표피 안으로 찔러 넣는다. 그는 악마처럼 고약한 지연단계를 준비하는데, 어떤 거창한 장면을 연출하기에 앞서 여러 페이지에 걸쳐 신비하고도 궁금증을 자아내는 지루한 묘사를 늘어놓는다. 그리하여 다른 인물들은 감지하지 못하는 자극적 인물의 내부에 정신적 열병, 심리적 고통이 발생하도록 한다. 과열된 솥처럼 가슴에 눌려 있는 감정이 끓어올라 분출되려고 할 때에야 비로소 그는 망치로 독자의 가슴을 때린다. 그러면 독자는 천상의 구원이 번갯불처럼 그의 가슴속으로 떨어지는 아찔한 순간, 황홀에 몸을 떨며 쓰러진다. 더 이상 견딜 수 없는 긴장상태에 이르러서야 도스토옙스키는 서사적 비밀을 찢어내고, 긴장에서 풀려난 감정을 눈물에 젖은 촉촉한 감각 내부로 흘러들게 한다.

그는 독자를 적대적인 동시에 쾌락적이고 세련된 열정으로 사로잡아 자신의 주변에 둔다. 격투를 벌일 때면 그는 독자를 제압하는 것이 아니라, 살인자처럼 몇 시간이고 그의 희생물 주변을 돌다가 돌연 찰나의 순간에 심장을 찌른다. 그의 기술은 폭발의 기술이다. 짐꾼처럼 그는 자신의 작품에서 한 삽씩 길을 파내려 가는 것이 아니라, 막힌 가슴을 뚫어 구원하듯 그 안에서 단번에 폭탄으로 세계를 부수어 연다. 흡사 음모를 꾸미듯 그의 준비과정은 완전히 비밀리에 진행된다. 독자는 재앙을 향해 가고 있는 인물이 있다고 느끼지만, 정작 그가 어떤 인물 속으로 갱도를 파들어가고 있는지, 어느 쪽에서 언제 무서운 폭발이 일어날지는 전혀 예측하지 못한다. 인물들 각자로부터 갱도는 사건의 중심부로 향하고, 각자에게는 열정이라는 가연성 연료가 주어진다. 하지만 그것에 불을 붙이는 자는 작가가 독자에게 아무리 암시를 할지라도 최종적 순간까지 기발한 수법으로 숨어서 절대로 기밀을 누설하지 않는다(예를 들어 표도르 카라마조프는 여러 인물들 가운데 그의 내적 사상에 중독된 자를 살해한다).

여기서 우리는 운명이 두더지처럼 삶의 지층을 파내려 가고 있음을 느낄 뿐이다. 아니, 우리의 가슴속으로 갱노가 파들어 오는 것처럼 느끼고 어찌할 바를 모른다. 그러면 우리는 번개처럼 우울한 대기를 가르는 찰나의 순간까지 무한히 긴장하며 애간장을 태운다. 서사작가 도스토옙스키는 이 짧은 순간을 위해, 이 상황의 집중화를 위해 지금까지 알려지지 않은 묘사의 무게와 넓이를 필요로 한다. 기념비적 예술만이 그런 강도와 집중을 추구할 수 있고, 세속을 초월하는 신비로운 무게를 획득할 수 있다. 여기서 넓이란 서술을 장황하게 늘어놓는다는 뜻이 아니라 건축술을 의미한다. 즉 피라미드의 정점에 도달하기 위해 거대한 초석이 요구되는 것처럼 그의 소설에서도 정점에 이르기 위해 다차원적 기본설정이 필요한 것이다. 실제로 그의 소설들은 볼가 강과 드네프르 강처럼 고향의 큰 강줄기 역할을 한다.

요컨대 강줄기 같은 어떤 것이 그의 모든 소설의 고유한 성격이다. 그의 소설들은 서서히 물결치며 수많은 인생사에 접근해 간다. 그 수많은 지면에서 때로는 예술적 형상의 강둑을 넘어 정치적 자갈이나 논쟁의 바위를 만나기도 하고, 영감이 줄어드는 경우에는 모래사장에서 쉬기도 한다. 그럴 때면 영감은 이미 말라버린 것처럼 보인다. 정지된 과정에서 사건들은 이리저리 얽혀서 난맥상을 보이고, 열정의 깊이와 생동성을 되찾을 때까지 물결은 한동안 대화의 모래톱에 막혀 정체된다.

그러나 끝이 보이지 않는 바다 근처에 이르러 돌연 저 엄청난 급류의 지형들이 나타나고, 거기서 길게 이어온 이야기가 소용돌이치며 맴돌게 된다. 이제 소설의 지면이 쏜살같이 넘어가고, 템포 또한 요동치며, 고요했던 영혼은 온통 고무되어 감정의 심연으로 휩쓸려 들어간다. 이미 독자는 깊은 웅덩이가 가까이 있음을 감지한다. 지루하게 이어지던 무거운 흙덩이는 갑자기 거품을 내며 빠른 속도로 움직인다. 이야기의 흐름은 흡사 자석에 이끌리듯 폭포수에 편입되고, 이어 카타르시스가 생겨나면서 독자는 무의식적으로 더욱 책장을 빨리 넘긴다. 감정의 폭발이 일어난 듯 사건의 심연 속으로 갑자기 돌진해 들어가게 된다.

이렇게 삶의 총체를 독특한 암호로 결집하는 감정, 극단적으로 집중된 감정은 고통스럽고 혼란하기 짝이 없다. 언젠가 도스토옙스키는 이를 "탑 꼭대기에서의 아슬아슬한 감정"이라고 명명한 바 있다. 아마도 이런 감정은 자신의 내적 깊이에 굴복하고, 치명적인 추락을 행복으로 예감하며 향유하려는 신적 광기에 속할 것이다. 생명을 다 바쳐 죽음을 느껴 보는 이런 극단적 감정은 그의 대서사시적 피라미드의 보이지 않는 정점이기도 하다. 그의 모든 소설들은 차갑게 불타는 느낌의 한순간을 위해 집필되었을 뿐이다. 그는 이런 장면을 20여 군데에서 장엄하게 창출하는데, 그 장면들은 하나같이 말로는 형용할 수 없는 열정의 포화상태를 드러낸다.

따라서 그의 작품을 별 저항 없이 처음 대하는 독자뿐만 아니라 네다섯 번 읽는 독자에게도 그런 느낌은 화염처럼 가슴을 꿰뚫는다. 이런 순간이면 언제나 작중인물들이 돌연 방 하나에 집결하여 자기 고유의지의 총화를 한껏 표출하는 듯하다. 모든 거리, 강, 힘이 마술처럼 한데 집결해서는, 이어서 하나의 고유한 몸짓과 행동, 언어 속에서 용해되어 버리는 것이다. 《악령》에 나오는 장면이 떠오르는데, 이때 샤토프가 때리는 따귀는 아주 "냉혹한 일격"인 것으로, 복잡다단한 사건의 거미집을 일거에 찢어 버린다. 이는 《백치》에서 나스타샤 필리포프나가 10만 루블을 불속에 던져 버리는 것과 비견되고, 《죄와 벌》과 《카라마조프》에서의 고백 장면과도 일맥상통한다.

이렇게 예술에 있어 소재와 관련된 순간이 아니라 지극히 본질적인 순간에 그의 건축술과 열정이 함께 어우러진다. 도스토옙스키는 황홀경 속에서만 통일적 인간의 모습을 드러내고, 이 짧은 순간에만 완벽한 예술가로 존재한다. 그러나 이 장면들은 순수 예술적으로 인간을 넘어선 예술의 승리를 의미한다. 왜냐하면 우리는 다시 작품을 읽을 때에야 비로소 최고의 정점을 향한 상승이 얼마나 천재적인 계산을 통해 이루어지는지 알아차리기 때문이다. 다시 말해 수천갈래로 분화되고 상호 교차된 복합적 비유들이 갑자기 가장 미분화된 숫자, 감정의 최종적 통일인 황홀경으로 용해되기 때문이다.

이것이 그의 예술이 지닌 가장 신비한 비밀이다. 그의 소설들은 절정에 이르는 과정을 거치며, 그런 가운데 감정의 대기가 전기충전을 받아 집중되고, 운명의 번개를 자체 내에 확실하게 받아들인다. 도스토옙스키 이전의 그 누구도 소유해 보지 못했고 장래의 어떤 예술가도 자기 것으로 만들지 못할 이 고유한 예술형식의 근원을 소홀히 해서야 되겠는가? 이런 전체적 생명력의 발휘가 예술의 변화된 형식, 즉 작가 자신의 삶과 고질적 질병의 분명한 형식일 뿐이라고 주장해야 하는가?

예술가의 고통이 간질의 예술적 변형보다 더 끔찍한 것은 아니었다. 왜냐하면 도스토옙스키 이전에는 삶의 충일과도 유사한 집중이 시공의 가장 밀폐된 한도로까지 접근한 적이 없었기 때문이다. 예컨대 세메노프스키 광장에 서 있던 그는 눈을 질끈 감고 2분가량 완전히 잊어버린 삶을 다시 한 번 체험한 바 있었다. 그는 간질의 발작 때마다 비틀거리며 바닥에 쓰러지는 몇 초 동안 세상의 환상을 맛보기도 했다. 이런 식으로 그는 시간의 호두껍질 속에 사건의 우주를 파묻어 넣을 수 있는 예술의 경지에 도달할 수 있었다. 그가 이런 폭발적 순간의 환상을 마귀처럼 너무 집요하게 현실화하고자 했기에, 우리는 그의 시공 극복의 능력을 거의 알아차리지 못한다. 단적으로 말해 집중의 진정한 기적은 그의 작품들인 것이다.

하나의 예를 들어보겠다. 독자는 500페이지가 넘는 소설 《백치》의 제1권을 읽는다. 운명의 혼란이 승화되고, 영혼의 혼돈은 지나가 버렸으며, 많은 인간들이 내적으로 생기를 되찾는다. 독자는 인물들과 함께 거리를 배회하거나 집에서 앉아 있다가 우연히 전체 사건이 아침부터 저녁까지 거의 12시간 내에 일어났다는 것을 갑자기 깨닫는다. 마찬가지로 《카라마조프》의 환상세계는 단지 며칠 내에 일어난 일이며,《죄와 벌》의 경우도 1주일 이내로 사건이 집약되어 있다. 말하자면 이 소설들은 압축의 걸작들인 것으로, 이제까지 그 어떤 서사작가도 도달한 바 없었고, 어떤 삶도 이루어낼 수 없었다.

유일하게 《오이디푸스》라는 고대비극은 정오부터 저녁까지로 제한된 긴장 속에서 전 생애와 지나간 세대를 압축하고 있다. 이 비극은 높은 곳에서 낮은 곳으로의 곤두박질을 보여주고 있지만, 정신적 재앙을 정화하는 카타르시스 역시 체험하게 한다. 따라서 어떤 서사작품도 이런 비극에는 거의 필적하지 못한다. 이 때문에 도스토옙스키는 언제나 중요한 순간에는 비극작가로서의 면모를 과시하고 있다. 그의 소설들은 마치 변형되고 포장된 드라마처럼 작용한다. 결국 《카라마조프》는 그리스 비극의 정신과 셰익스피어의 핵심을 전수받았다고 할 수 있다. 그들은 내적으로 아무 저항 없이 함께 벌거벗고 서 있는 셈이다. 아니, 운명의 비극적 하늘 아래 버티고 서 있는 거인이라고 하겠다.

이와 연관하여 도스토옙스키의 소설 역시 열정적 몰락의 순간 갑자기 서사적 성격을 상실한다는 것은 기인한 일이다. 빈약한 서사적 색채는 감정의 열기에 녹아 증발한다. 냉정하게 진행되는 대화 외에 남아 있는 것이 없다. 그의 소설에서 명장면들은 순수 극적인 대화들로 이루어져 있다. 이 대화들은 말 한마디 가감 없이 무대에 올릴 수 있을 정도로 밀도 있게 이루어져 있다. 그렇기에 개개의 등장인물이 확정되면, 소설들의 서사적 내용은 대화를 통해 극적 순간으로 응축된다. 항상 종국을 향하는 그의 비극적 정서는 짜릿한 긴장, 번갯불 같은 방전을 동반하면서 정점에 이르러서는 서사예술의 요소를 거의 극으로 변형시킨다.

이런 장면들 가운데 극적 폭발력을 갖춘 내용을 너무 성급한 연극인들과 공연자들이 문헌학자보다 먼저 인식한 나머지 《죄와 벌》, 《백치》, 《카라마조프》에서 추려낸 몇 편의 연극을 재빨리 공연했다.

그러나 여기서도 입증된 바와 같이 도스토옙스키의 작중인물을 외부에서, 즉 그들의 육체와 운명의 관점에서 파악하려던 그들의 시도는 비참했다. 그의 인물들을 소설 영역에서 밖으로 끌어내고, 자극으로 충만한 영혼의 격정적 대기와 분리하려던 시도는 실패하고 말았다. 연극에 등장한 인물들은 생동감 있게 살랑거리며 하늘과 맞닿아 있는 나무 우듬지와 비교하면 보잘것없었다. 그들은 마치 껍질이 벗겨진 나무줄기처럼 발가벗고 생기를 잃은 채 역할을 수행했다. 그렇지만 그들 각자는 신경의 무수한 가닥을 은밀히 내밀어 서사적 대지에 뿌리를 내리고 있었다.

도스토옙스키의 심리학은 눈부신 램프빛을 위한 것이 아니며, 따라서 작품의 개작자 또는 단순하게 만든 각색자를 비웃는다. 그럴 수밖에 없는 것이 그의 서사적 지하세계에는 신비한 영적 접촉과 어두운 물결, 뉘앙스가 있기 때문이다. 그의 작품에서는 눈에 보이는 몸짓이 아니라 수천의 개별 암시로부터 인물이 형성되고 구체화된다. 거미줄처럼 섬세한 어떤 것도 영혼의 그물로 짜인 문학을 인식할 수 없다. 이런 피하조직 아래 서술의 물결이 흘러가는 통로를 느껴보기 위해, 우리는 시험 삼아 그의 소설의 프랑스어 축소판을 읽어볼 필요가 있다. 겉으로 보면 그 안에 빠트린 것이 없어 보인다. 사건 진행의 영상도 빠르고, 인물들은 더욱 민첩하고 완벽하며 열정적인 인간으로 등장한다. 그럼에도 그들은 어딘가 빈약해 보인다. 그들의 영혼에는 찬란한 빛이 결여되어 있고, 대기에는 전기의 방전 같은 것이 없다. 무거운 긴장감 또한 결여되어 있는데, 긴장의 무게를 지나치게 완화하고 가볍게 처리하고 있다. 또한 무엇인가 파괴되어 버려서 마법의 순환은 더 이상 망가진 채 회복불능으로 보인다.

바로 이런 축소와 극화의 시도를 살펴봄으로써 그의 작품의 서사문학적 포괄성의 의미, 외관상 장황해 보이는 문체의 의도를 알게 된다. 그 이유는 완전히 우연적이고 쓸모없어 보이는 세부적, 임의적 암시들이 나중에 100 또는 200페이지에 걸쳐 대답을 준비하기 때문이다. 서술의 표면 아래 은밀한 접촉이 이루어지고, 보고가 전달되면서 비밀스런 반영을 상호 교환한다. 두세 번 그의 작품을 접할 때에야 비로소 정신적 암호나 아주 섬세한 심리적 특징, 그 의미가 알려지는 것이다. 어떤 서사작가도 이런 민감한 서술체계를 보여주지 않았다. 어떤 작가도 스토리의 전개구조와 대화의 표면 아래 이토록 은밀한 사건의 혼란을 감추어 둔 적이 없었다. 그럼에도 그의 작품의 서술구조를 체계라고 칭하기는 어렵다. 거기에는 자의적인 것처럼 보이지만 인간의 비밀스런 질서가 내재되어 있고, 따라서 이런 사실만으로는 그의 특유의 심리적 과정과 비교할 수 없다.

다른 서사작가들, 특히 괴테는 인간보다 자연의 모방에 치중하면서 사건을 한편으론 식물의 생태처럼 유기적으로, 다른 한편으론 풍경처럼 조형적으로 감상하게 만든다. 이와는 달리 도스토옙스키의 소설은 아주 깊이 있고 열정적인 인간과 만날 때 느낄 수 있는 감동을 우리에게 선사한다. 도스토옙스키의 예술작품은 그 영원성에도 불구하고 근본적으로는 현세적이다. 그의 작품은 영혼이 육체의 한계 내에 존재하듯이 계산이나 측량이 불가능하며, 예술형식에 있어서도 비교할 수 없이 탁월하다.

그렇지만 그의 소설들 자체가 모두 완벽한 예술작품이라고 해서는 안 될 것이다. 그의 소설들은 물론 스케일이 작고 단순한 수준에 만족하는 그런 형편없는 작품들보다는 훨씬 빼어난 것이 사실이다. 늘 척도를 넘어서는 그가 영원성에 도달하고 있으나, 괴테처럼 모방하고 형성하는 문학에는 서투르다. 그런데 성급하기 짝이 없는 도스토옙스키는 그의 예술의 비극성으로 말미암아 다시 삶으로 되돌아온다. 왜냐하면 그것은 외적 운명에 의한 것이고, 발자크처럼 내적 경박함에서 생긴 것이 아니었기 때문이다. 즉 삶은 그로 하여금 작품을 완벽하게 형상화하도록 그를 부추기고 지나치게 재촉하는 것이다. 우리는 그의 작품들이 어떻게 생겨났는지 잊지 않는다. 언제나 소설 판권을 팔아넘긴 상태에서 그는 소설 첫머리를 집필했고, 모든 작업은 항상 쫓기며 가불에서 가불로 이어졌다. 도피 중에도 그는 "늙은 우편배달말처럼" 일하면서 마지막 탈고를 구상할 여유나 휴식도 없었다. 이렇게 된 사정을 가장 잘 알고 있던 장본인은 이 무슨 "죄악!"이란 말인가 하고 탄식한 적도 있었다. 그는 격분해서 외쳤다. "내가 어떤 상황에서 일하는지 보시오! 당신들은 내게 흠 하나 없는 걸작을 요구하는데, 나는 지독한 가난과 비참 속에서 작업을 서두르도록 강요받고 있소."

그는 안락하게 재산을 소유하면서 원고를 다듬고 정리할 수 있는 톨스토이나 투르게네프를 저주했다. 그 외에는 질투할 만한 대상이 없었다. 그는 가난을 개인적으로 꺼려하지는 않았다. 하지만 노동자 무산계급으로 전락한 이 예술가는 때때로 "지주계층의 문학가"에게 분노를 표출했다. 그의 이런 태도는 틈틈이 쉬어가며 작품완성에 몰두할 수 있는 예술적 여건에 대한 억제할 수 없는 부러움의 발로였다. 그는 자기 작품에 나오는 모든 오류를 잘 알고 있었다. 간질 발작 이후 긴장이 풀어지고, 따라서 작품을 두른 껍질이 헐헐해지거나 자신의 신경이 무뎌지게 되었다는 것도 잘 알고 있었다. 종종 친구들과 그의 아내는 그가 원고를 읽을 때 거듭되는 그의 지독한 건망증에 주의해야 했다. 그것은 물론 간질 발작 이후 발생하는 감각의 둔화에 의한 증상이었다. 무산자인 그는 날품팔이, 가불의 노예로서 지독한 가난의 세월 속에서도 세 편의 방대한 소설을 연속해서 발표했다. 빈곤했지만 그는 내적으로 의식이 철저한 예술가였다.

그는 금을 세공하는 일을 광적으로 좋아했다. 그것은 완성을 위한 작업과도 같았기 때문이다. 가난의 채찍 아래서 그는 몇 시간이고 한 페이지를 놓고서 고치고 다듬는 일을 반복했다. 소설 《백치》는 아내가 굶주리고 산파에게는 돈도 지불하지 못했는데 두 번이나 없애려고 했다. 그의 완성을 향한 의지는 무한했지만, 가난은 끝이 없었다. 또 다시 두 개의 강력한 힘, 외적 압박과 내적 압박이 치열하게 투쟁하고 있었다. 그는 예술가로서도 이원성에 시달리는 분열된 사람이었다. 인간으로서 조화와 평온을 갈망했다면, 예술가로서의 그는 완성을 열망했다. 도처에서 그는 비참한 사람들과 함께 운명의 십자가를 짊어져야만 했다.

그러므로 고향이 없는 자에게는 고향이 무의미하듯 이원적이 아닌 하나의 예술도 분열의 십자가를 진 그에게는 구원이 아니라 고통, 불안, 증오, 저주인 것이다. 그런데 열정은 그의 형상화의 욕구를 자극하고, 완성을 향한 의지로 그를 몰아간다. 하지만 이번에도 완성을 넘어서서 영원한 것을 향하도록 강요당한다(이는 성급한 열정의 결과라 하겠는데, 집필도 안 된 《카라마조프》와 《죄와 벌》의 제2부를 약속했기 때문이다). 이렇게 해서 소설이라는 그의 건축물은 완공도 되지 않은 탑을 가지고 영원한 의문의 구름 속으로 솟아오른다. 그것을 더 이상 소설이라 부르지 말고, 서사적 척도로 평가하지도 말자. 그것은 더 이상 문학이라기보다는 새로운 인간신화의 어떤 신비로운 발단, 예고, 전주곡, 예언인 것이다. 모든 러시아의 선조들처럼 그는 예술을 신에 대한 인간고백의 중개자로 느꼈다.

기억을 더듬어 보자. 고골리는 문학을 "죽은 영혼"을 향해 던져 버리고, 신비주의자로서 새로운 러시아의 사도가 되었다. 60세에 이른 톨스토이는 자신과 타인의 예술을 저주하고, 선과 정의의 복음전도사가 되었다. 고리키는 명예를 포기하고 혁명의 예고자가 되었다. 도스토옙스키는 최후의 순간까지 펜대를 놓지 않았다. 그러나 그가 형상화한 것은 현세적 좁은 의미의 예술작품이라기보다는 오히려 새로운 러시아의 신화, 어두운 비밀로 가득 찬 묵시록적 계시이다. 그리고 바로 이 계시가 그들에게서 예감되고 헛된 형식으로 주조되지 않았기에, 그것은 인간과 인류 전체의 완성을 향한 도정인 것이다.

한계의 초월자

네가 완결할 수 없다는 것이 너를 위대하게 한다.
-괴테

전통은 현재를 위한 과거의 확고한 한계로서, 미래로 나아가려는 자는 이를 넘어서야 한다. 본성이란 도대체가 인식에 억류되어 있기를 원치 않는다. 본성은 언뜻 질서를 요구하는 것처럼 보이지만, 전혀 그렇지 않다. 본성은 새로운 질서를 위해 자신을 파괴하는 자만을 사랑한다. 본성은 항상 개별 인간들에게서 과도하게 넘치는 힘을 통해 정복자들을 창조한다. 그러면 그들은 영혼이라는 고향으로부터 미지의 어두운 대양을 거쳐 마음의 새로운 지대, 정신의 새로운 영토에 도달한다.

이런 과감한 초월자가 없다면, 인간은 자기 내부에 갇힐 것이며, 인류의 발전은 제자리에서 맴돌 것이다. 인간을 앞서가게 하는 이 위대한 전령이 없다면, 모든 세대는 아마 자신의 길을 알지 못했을 것이다. 이런 위대한 몽상가가 없었다면, 인간은 아주 심오한 자신의 의미를 알지 못했을 것이다. 우리의 세계를 넓게 만든 사람들은 조용히 연구하는 향토학자가 아니라 미지의 대양을 거쳐 새로운 인도로 건너간 모험가들이다. 현대인의 심층심리를 깊이 있게 인식한 사람들은 심리학자나 과학자가 아니라 작가들 가운데 척도를 넘어서는 자들, 요컨대 한계의 초월자들이다.

문학의 위대한 한계초월자들 가운데 오늘날 가장 위대한 사람으로 도스토옙스키를 꼽을 수 있다. 이 방종한 기인만큼 영혼의 신천지를 많이 발견해낸 자는 아무도 없었다. 그의 말에 따르면 "측량할 수 없고 무한한 것은 내게 대지 자체만큼이나 필수적이었다." 그는 어느 곳에서도 정착하며 머물러 있지 않았다. 그는 어느 편지에서 "나는 어느 곳에서든 한계를 초월했다"고 자랑스럽게 언급했다. 그러나 다른 편지에서는 "어느 곳에서든"에 대해서는 자책을 금치 못했다. 빙산을 넘는 듯한 사고의 편력, 무의식의 감춰진 근원으로의 하강, 자기 인식의 아찔한 봉우리로의 몽유병적 상승 등, 그의 행위를 모조리 열거하기란 거의 불가능하다.

모든 한계의 초월자인 도스토옙스키가 없었더라면, 인간은 자신의 고유한 신비에 대해 더 알지 못했을 것이다. 그가 없었더라면, 우리는 그의 위대한 작품을 통해 전보다 더 멀리 미래를 내다볼 수 없었을 것이다. 그가 무너트린 최초의 한계 및 우리에게 열어 보인 최초의 먼 나라는 러시아였다. 그는 자기 나라를 세계에 알려 우리 유럽인의 의식을 넓혀주었고, 최초로 러시아인의 영혼을 세계영혼의 값진 부분으로 우리에게 인식시켜 주었다. 도스토옙스키 이전의 러시아는 하나의 한계를 의미했다. 즉 지도상의 한 점인 아시아를 향한 과도기, 과거에 야만적

이던 우리 자신의 미개분화 가운데 일부를 의미했다. 그러나 도스토옙스키는 최초로 황량함 속에 잠재된 미래의 힘을 우리에게 보여주었다. 그를 통해 우리는 러시아를 새로운 종교의 가능성, 위대한 시 속에서 표현되는 미래의 언어로 느끼게 된다. 그는 세상 사람들의 가슴을 인식과 기대로 더 풍요롭게 해주었다.

푸시킨은 우리에게 러시아의 귀족주의만을 보여주었다(그의 문학적 매체가 중개에 있어 짜릿한 자극을 상실하고 있기 때문에, 그는 우리에게 큰 매력을 주지 못한다). 톨스토이는 계속해서 분열되고 쇠퇴한 복고풍의 세계와 그 본질인 소박하고 가부장적인 농부들을 보여준다. 도스토옙스키에 와서야 비로소 새로운 가능성을 포고함으로써 우리의 영혼에 불을 붙이고, 새로운 국가 러시아의 혼을 타오르게 한다. 그리고 바로 이 전쟁에서 우리는 러시아에 대해 오직 그를 통해 알게 되었을 뿐이라고 느끼게 되었다. 그가 우리에게 러시아라는 적국을 영혼의 동지로 여기게 해 주었다는 것 또한 우리는 깨달았다. 그러나 문학상 전례 없는 우리 영혼의 엄청난 자기인식의 확대는 러시아의 이념에 대한 지식의 문화적 확대보다 더 심오하고 의미심장한 일이다(러시아의 이념에 관한 한 푸시킨이 만일 그런 수준에 일찍 도달했다면, 결투의 총알이 37세였던 그의 가슴을 관통하지 않았을 것이다).

도스토옙스키는 심리학자 중의 심리학자였다. 심원한 인간의 마음은 마법처럼 그의 관심을 끌었다. 그의 참된 세계는 현세가 아니라 무의식, 잠재의식, 측량 불가능한 곳이었다. 셰익스피어 이후로는 감정의 신비 및 교차의 마술적 법칙에 대해 우리는 그리 많이 배우지 못했다. 그런데 도스토옙스키는 마치 유일하게 저승에서 돌아오는 오디세우스처럼 영혼의 지하세계에 대해 이야기한다. 이는 오디세우스처럼 그 역시도 악마가 따라다니기 때문이다. 그의 병은 평범한 인간이라면 도달하지 못하는 감정의 정점으로 그를 끌어올리다가도, 곧 삶의 저편에 있는 불안과 공포의 상황으로 그를 내동댕이친다. 때로는 냉혹하고 때로는 뜨거운 사망자 및 유족의 대기 속에 있어야 비로소 그는 병의 영향권에서 벗어나 숨을 쉴 수 있었다.

야행성 짐승이 어둠 속에서 노려보듯 그는 다른 사람들이 대낮에 보는 것보다 어스름한 상태에서 더 뚜렷하게 볼 수 있었다. 그는 광기의 얼굴과 아주 가까이 맞대었고, 현자나 지식인들이 무기력하게 추락했던 감정의 봉우리들을 몽유병 환자처럼 지나갔다. 그는 의사나 법률가, 형사, 정신병자들보다 더 깊이 무의식이라는 심층세계에 침투했다. 과학이 훗날에야 비로소 발견한 모든 것, 과학이 마치 메스로 벗겨내듯 실험을 통해 죽은 경험에서 벗겨낸 모든 것, 예컨대 텔레파시나 히스테리 현상, 환각적이고 도착적인 현상들을 그는 인식했다. 그리하여 천리안적 지식과 공감의 능력으로 이 모든 것을 그는 앞서 묘사했다. 그는 망상(정신의 과도함)에 가까울 정도로, 또는 범죄(감정의 과도함)의 낭떠러지에 이를 정도로 영혼의 현상을 탐색했고, 그럼으로써 영적 신천지의 무한궤도를 통과했다. 옛 시대의 과학은 마지막 책장을 넘겼고, 그는 예술을 통하여 새로운 심리학을 시작한다.

영혼에 관한 학문인 새로운 심리학 역시 방법론을 가지고 있다. 그것은 무엇보다 시대를 통하여 영원한 합일을 비춰주는 예술이자 무한히 새로운 법칙이다. 여기에도 항상 새로운 해결과 결정을 통한 지식의 변화, 인식의 발전이 존재한다. 예컨대 화학은 실험을 통해 외견상 분리될 수 없어 보이는 원소들의 수를 점점 더 줄이고, 그럼으로써 겉으로는 단순한 것에서 결합이 이루어짐을 인식시킨다. 반면 심리학은 점점 더 미분화의 폭을 확장함으로써 감정의 통합을 충동과 억제의 무한한 과정으로 용해시킨다.

몇몇 사람들에게서 천재성이 예견되기는 하지만, 옛날의 심리학과 새로운 심리학 사이의 경계는 부인할 수 없다. 호머로부터 넓게는 셰익스피어 이후에 이르기까지 단선적 심리학만이 존재했다. 인간은 여전히 공식에 따라 살과 뼈로 이루어진 특징으로 분류될 뿐이다. 예를 들어 오디세우스는 간교하고, 아킬레스는 용감하고, 아약스는 분노의 상징이며, 네스토어는 현명하다는 등이 그러한데, 이 인물들의 모든 결단과 행동은 그들이 지닌 의지의 표출에 명백히 근거한다.

옛 예술과 새로운 예술 사이의 전환기 작가였던 셰익스피어만 해도 인물묘사는 음계로 비유하여 제5음이 그 본질에 역행하는 선율을 받아들이는 방식을 취한다. 그러나 그는 이미 오래전에 바로 영적으로 중세에 속하는 최초의 인물을 우리의 시대로 보낸 사람이기도 하다. 그는 햄릿에게서 최초의 문제적 성격, 현대의 분열적 인간의 선조를 창조해냈다. 이를 통해 새로운 심리학의 의미에서 최초로 의지가 억압에 의해 좌절되고, 자기관찰의 거울은 영혼 자체 속에 세워진다. 그리하여 내적 또는 외적으로 이중적 삶을 살아가는 분열인간, 다시 말해 행위 속에서 사고하고 사고 속에서 자신을 구현하는, 자기 의

식적 인간이 형성된다. 여기서 햄릿형 인간은 현재
의 우리가 느끼는 방식처럼 자신의 삶을 살아가지
만, 그렇다고 해서 어두컴컴한 과거의 의식에서 완
전히 빠져나온 것은 아니다. 덴마크 왕자인 그는 아
직도 미신세계의 소도구에 둘러쌓여 있으며, 망상과
예감 대신에 마법의 미약과 혼령들이 그의 불안한
감각에 영향을 미친다.

　그렇지만 여기서 이미 감정의 양면성이라는 엄청
난 심리적 사건이 완결된다. 영혼의 신대륙이 발견
됨으로써, 미래의 탐구자들은 자유로운 통로를 갖
게 된다. 차일드 해럴드와 베르테르로 대변되는 바
이런, 괴테, 셸리의 낭만적 인간은 자신의 본질과 냉
정한 세계에 대한 모순을 영원한 대립 속에서 느끼
며, 그로 인해 생겨난 불안을 통하여 감정의 화학적
분해를 요구한다. 그런 가운데 정밀한 과학은 상당
수의 가치 있는 개별인식을 가져온다. 이어서 스탕
달이라는 작가가 등장한다. 그는 감정의 결정화된
형태, 느낌의 다의성 및 변형능력에 대해 과거의 어

느 누구보다 더 많이 일고 있었다. 그는 개인들 각자가 어떤 결단을 내리고자 할 때 생겨나는 가슴의 비밀스런 저항을 인지하고 있었다. 그러나 천재성에도 불구하고 그의 태만한 자세와 느긋한 성격은 무의식의 모든 역동성을 밝혀내기에는 역부족이었다.

위대한 조화의 파괴자이자 영원한 이원론자인 도스토옙스키가 비로소 그 신비를 캐낸다. 그는 감정을 완벽하게 분석했는데, 이는 그 누구도 할 수 없었던 일이다. 그에게 감정의 통합이란 이질적인 것의 화합과도 같아서 완전히 깨어진다. 그 이전에 시도된 다른 모든 작가들의 대담한 영혼 분석은 그의 미분화와 비교하여 어딘지 피상적으로 보인다. 그들의 분석은 30년간 기초만 암시되어 있을 뿐 본질적인 것은 아직 예감도 하지 못하는 전기공학 교과서처럼 실효가 없었다. 한편 그의 영적 세계에서는 단순한 감정이란 없으며, 그것은 덩어리라든가 중간형태, 통과형태, 초과형태 등으로 분리될 수 없는 요소이다. 느낌은 무한한 전도와 혼란 속에서 어지럽게 동요하다가 행위로 옮겨지며, 의지와 진리의 광적인 교대는 감정을 뿌리째 뒤흔든다. 사람들은 언제나 결단과 욕구의 마지막 근거에 도달했다고 생각하며, 그것이 계속해서 다시 다른 것으로 되돌아가도록 지시한다. 예컨대 증오, 사랑, 환희, 나약, 허영, 자만, 권력욕, 겸손, 경외심 등 모든 충동은 서로 얽혀 영원히 변전한다.

도스토옙스키의 작품에서 영혼은 하나의 혼란이고 신성한 카오스이다. 그의 작품에는 순수에 대한 동경으로 인한 술고래, 복수를 열망하는 범죄자, 순결을 존중하는 처녀능욕자, 종교적 욕망으로 인한 신성모독자 등이 나온다. 그의 인물들이 뭔가를 갈망한다면, 그들은 배척과 실현에 대한 희망에서 그렇게 한다. 그들의 반항은 (이를 완전히 펼쳐 놓으면) 감추어진 수치심에 불과하고, 그들의 사랑은 움츠러든 증오, 증오는 감추어진 사랑일 따름이다. 대립은 대립을 낳는다. 그의 작품에는 고통에 대한 열망으로 생겨나는 탕아, 쾌락에 대한 열망으로 인한 자기

학대자가 등장한다. 그들의 욕망은 미친 듯이 격렬하게 소용돌이친다. 그들은 열망 속에서 이미 향락을 즐기며, 향락 속에서 혐오를 맛보며, 행위 속에서 다시 회한을, 회한 속에서 다시 마음을 돌이켜 행위를 즐긴다. 그들에게는 마치 상하좌우가 있는 것처럼 보이며, 그만큼 감정의 다양이 존재한다. 그들의 경우 손으로 저지른 행위는 마음의 행위가 아니고, 마음으로 하는 말은 입에서 나온 말이 아니다. 모든 개별 감정은 이렇게 분열된 것이고 다양하며 다의적이다.

그의 작품들을 살펴보면 결코 감정의 통합을 포착할 수 없고, 한 인물도 언어개념의 그물 속에 잡아둘 수가 없다. 표도르 카라마조프를 탕아라고 칭한다면, 그 개념은 그를 충분히 표출하고 있는 것처럼 보인다. 그렇지만 그것만으로 충분치 않다. 예를 들어 스비드리가일로프는 "성장하고 있는 자"들 가운데 이름 없는 대학생이 아니다. 한데 그들과 그들 감정 사이에는 어떤 세계가 존재하는가! 스비드리가일로프의 경우 환락은 차갑고 영혼이 없는 파행이다. 그는 자신의 탈선행위에 대해 계산할 줄 아는 전략가이다. 카라마조프의 환락은 계속 삶의 쾌락을 의미한다. 그것은 자기수치로까지 내몰리는 파행이자, 삶의 가장 비천한 것까지도 섞여 있는 충동이다. 왜냐하면 그에게 삶이란 황홀경에 흠뻑 젖어 맨 밑바닥의 것, 그것의 즙까지도 맛보는 것이기 때문이다. 전자는 결핍으로 인한 탕아이고, 후자는 감정의 과도함으로 인한 탕아이다. 후자의 경우 정신의 병적 흥분이 지배적이라면, 전자는 만성적 염증이 두드러진다. 스비드리가일로프는 평범한 환락자로서 악덕 대신 "약간의 패륜", 관능을 파먹는 작고 더러운 곤충의 소유자이다. "성장하고 있는 자들" 중의 이 이름 없는 대학생은 정신적 결핍을 성적인 것으로 왜곡한다.

우리는 보통의 경우 하나의 개념으로 요약되는 이 인물들 사이에 감정의 세계가 있음을 보게 된다. 이제 환락의 덩어리가 미분화되어 신비로운 뿌리와 요소들로 용해되듯, 도스토옙스키의 경우에는 모든 감정과 충동이 언제나 힘의 원천인 최후의 심연으로 되돌아간다. 다시 말해 감정과 충동의 문제는 자아와 세계, 주장과 체념, 자만과 겸손, 낭비와 절약, 고립화와 공동체, 구심력과 원심력, 자기상승 및 자기파멸, 자아와 신 사이의 저 최종적 대립을 야기한다. 우리는 이를 순간이 요구하는 대로 대립쌍이라고 칭해도 좋을 것이다. 그것은 언제나 정신과 육체 사이에 존재하는 원초적 감정, 아니 최종적 감정인 것이다. 도스토옙스키 이전에 우리는 감정의 이런 복합성, 영혼의 혼란을 이렇게 많이 알지 못했다.

감정의 이런 해체는 도스토옙스키의 경우 사랑에서 가장 놀랍게 나타난다. 그가 고대 이래로 수백 년 동안 늘 모든 존재의 근원으로서 남녀 사이의 중심적 감정으로만 흘러갔던 소설, 아니 전체 문학을 한편으로는 폭넓게 하고 다른 한편으로는 심도 있게 하면서 최종적 인식으로 이끌어갔던 것은 그의 대단한 업적이다. 다른 작가들에게는 삶의 최종목적이자 서사예술의 목표였던 사랑이 그에게는 근본 요소가 아니라 삶의 단계에 불과하다. 다른 작가의 경우 영혼과 감각, 성과 성이 남김없이 신성한 감정으로 용해되는 순간, 온갖 대립의 균형 또는 화해의 영광스런 찬가가 사방으로 울려 퍼진다. 근본적으로 다른 작가들의 경우 삶의 갈등은 도스토옙스키와 비교하여 우스울 만큼 유치하다. 그들에게서 사랑은 인간의 마음을 감동시키는 원천이고, 하늘에서 떨어진 마법의 지팡이이다. 사랑은 비밀이자 위대한 마술, 설명할 수 없고 규명할 수도 없는 삶의 최종적 신비인 것이다. 그리하여 사랑에 빠진 자가 갈망하던 여인을 얻으면 그는 행복하고, 그렇지 못하면 불행하다. 대다수의 작가에게도 언제나 사랑받는다는 것은 인간의 천국으로 표현된다.

그러나 도스토옙스키의 천국은 더 높다. 그에게서 포옹은 아직 결합이 아니고, 조화는 아직 통합이 아니다. 그에게 사랑은 행복한 상태나 화해가 아니라 고양된 투쟁이고, 영원한 상처의 더 깊은 고통이다.

사랑은 고통의 기록이자 일반적 순간에서보다 더 아픈 삶의 고통이다. 그의 인물들은 서로 사랑하면 가만히 있지 않는다. 그와는 반대로 그의 인물들은 사랑이 성취되는 순간보다 더 자신의 본질과 투쟁을 벌이고, 그 투쟁으로 인해 결코 동요되지 않는다. 그도 그럴 것이 그들은 충일에 빠지지 않고 이를 한층 더 높이려고 하기 때문이다. 순수 어린아이 같은 양면성의 그들은 이 마지막 순간에도 멈추지 않는다. 그들은 연인들이 서로 열렬히 사랑하고 사랑받는 순간(대부분의 사람들은 가장 아름다운 순간으로 열망하는 순간)의 부드러운 비유를 경멸한다. 조화란 종말이고 한계이기 때문으로, 그들은 오로지 무한한 것만을 위해 살아간다.

그의 인물들은 그들이 사랑받는 만큼 사랑하려고 하지 않는다. 그들은 늘 사랑만을 원하여 희생자가 되고자 한다. 사랑받는 것보다는 오히려 사랑을 베푸는 그런 희생적 사랑을 원한다. 그들은 감정의 광적인 표출을 통해 부드러운 유희로 시작한 감정이 흡사 가쁜 숨결, 신음, 싸움, 고통과 같은 것이 될 때까지 서로를 고양시킨다. 그들은 급격한 변화 속에서 자기들이 배척되고 조롱 받을 때, 비웃음 받을 때 행복을 느낀다. 이렇게 해야 그들은 베푸는 자, 한없이 베풀고 아무것도 요구하지 않는 자가 되기 때문이다. 그러므로 대립의 거장인 도스토옙스키의 경우 증오가 항상 사랑과 흡사하고, 사랑은 항상 증오와 흡사하다. 그러나 그들이 서로 마음 깊이 사랑하는 짧은 순간에도 감정의 통합은 다시 파괴되는데, 그의 인물들은 감각과 영혼이 동시에 완결된 힘으로는 결코 서로 사랑할 수 없기 때문이다. 그들은 감각이면 감각, 영혼이면 영혼 한가지로만 사랑하고, 육체와 정신은 그들에게서 결코 조화를 이루지 못한다.

그의 여성들을 보라. 그들은 모두 감정의 두 세계에서 동시에 살아가는 마법사들이다. 그들은 영혼을 성배에 바치는 동시에 육체를 티투렐의 꽃밭에서 희열에 가득 차 태워버린다. 다른 작가들에게는 가장 복합적이었던 이중적 사랑이라는 현상이 그에게는 일상적이고 자명한 것이 된다. 나스타샤 필리포프나는 자신의 영적인 기질로 부드러운 천사인 미슈킨을 사랑하는 동시에 욕정에 사로잡혀 미슈킨의 적인 로고신을 사랑한다. 그녀는 교회 앞에서 영주를 뿌리치고 나와 다른 사람의 침실로 달려가며, 주흥이 한창이던 연회에서는 그녀의 구세주에게 다시 돌아간다. 그녀의 정신은 흡사 하늘을 떠도는 듯 높이 있지만, 그 아래서 육체가 하는 행위를 그녀는 놀라서 바라본다. 그녀의 육체는 최면에 걸린 듯 잠자고 있는데, 그녀의 혼은 도취에 빠져 다른 남자를 향한다. 마찬가지로 그루셴카도 자신을 처음으로 유혹한 남자를 사랑하면서도 동시에 증오하며, 욕정으로는 드미트리를, 존경심으로는 완전히 알료샤를 사랑한다. 《젊은이》의 어머니는 고마움 때문에 그녀의 첫 남편을 사랑하는 동시에 노예근성 내지 지나친 비굴함 때문에 베르질로프를 사랑한다.

실로 여러 심리학자들이 사랑이라는 이름으로 경솔하게 요약한 개념의 변전은 무한하고 측량불능이다. 이는 과거에 의사들이 오늘날 우리가 수많은 이름과 방법을 갖고 있는 유사 질병들을 하나의 이름으로 묶었던 방식과도 비슷하다. 도스토옙스키에게 사랑은 변형된 증오(알렉산드라)가 될 수 있고, 또는 동정심(두니아), 반항(로고신), 욕정(표도르 카라마조프), 자학이 될 수도 있다. 그러나 항상 사랑의 배후에는 또 하나의 다른 감정, 원초적 감정이 도사리고 있다. 그에게 사랑은 결코 기본적인 것이나 불가분의 것도 아니다. 사랑은 설명할 수 없는 것도, 근원현상이나 기적도 아니다. 그는 늘 가장 열정적인 감정을 설명하고 분석하려 한다. 그에게 감정의 변화는 끝이 없어서 매번 각양각색으로 바뀐다. 추위는 혹한으로 굳어지다가 돌연 불덩어리처럼 타오른다. 삶의 다양성처럼 변화는 무한하고 불가사의하다.

나는 그저 카테리나 이바노브나를 떠올리고자 한다. 그녀는 무도회에서 드미트리를 만난다. 그는 자신을 소개하면서 그녀의 자존심을 상하게 한다. 이 때문에 그녀는 그를 미워한다. 그는 보복으로 그녀에게 수치를 안긴다. —그런데 그녀는 그를 사랑하게 된다. 아니, 본래 그녀는 그를 사랑한 것이 아니라, 그가 그녀에게 행한 보복행위를 사랑하는 것이다. 그녀는 자신을 바치며 그를 사랑한다고 생각한다. 그러나 그녀는 오직 자신의 희생만을 사랑했고, 자신이 보인 사랑의 자세를 사랑했을 뿐이다. 그녀가 그를 사랑하는 것처럼 보일수록, 그만큼 그녀는 다시 그를 증오한다. 그리하여 증오는 그의 삶을 겨냥하여 파멸로 몰아넣는다. 결국 그녀가 그의 삶을 파괴함으로써 그녀의 희생이 거짓으로 판명되는 것처럼 보이는 순간, 다시 말해 그녀가 받은 수치심에 대해 복수하는 순간, 놀랍게도 그녀는 그를 다시 사랑하게 되는 것이다.

도스토옙스키의 경우 애정관계는 이렇게 복잡하기 이를 데 없다. 만일 두 사람이 서로 사랑하고 삶의 모든 위험도 지나왔다면, 그것은 마지막 페이지에 와 있는 책들과 무엇이 다르겠는가? 다른 비극들이 종결될 때 그의 비극은 비로소 시작된다. 그가 원한 것은 사랑도 아니고, 세상의 의미 및 승리를 뜻하는 이성 간의 미지근한 화해도 아니기 때문이다. 그는 고대 그리스의 위대한 전통과 결합을 시도한다. 거기서는 여자를 쟁취하는 것이 아니라 세계와 신들에 맞서는 것이 운명의 의미이자 위대성이었다. 그의 경우 주인공은 여성을 바라보려고 일어서는 것이 아니라, 자신의 신을 향해 의연한 자세로 다가서기 위해 일어선다. 그의 비극은 이성 내지 남녀의 비극보다 더 위대하다.

이제 우리가 인식의 깊은 곳에서 감정을 남김없이 용해하는 가운데 그를 인식했다면, 우리는 그에게서 다시 과거로 돌아갈 길이 없다는 사실을 알게 된다. 예술이 진정한 예술이기를 바란다면, 그런 예술은 이제부터 도스토옙스키가 파괴한 감정의 작은 성상聖像들을 제시해서는 안 된다. 진정한 예술이란 더 이상 소설을 사회와 감정의 작은 영역에 가두어서도, 그가 면밀히 탐색한 영혼이라는 비밀스런 중간영역을 더 이상 그늘지게 해서도 안 된다. 그는 최초로 우리에게 인간에 대한 예감을 주었다. 이로써 과거와는 달리 우리의 감정은 더욱 미분화되어 있는데, 왜냐하면 예전의 어느 누구보다 더 많은 인식을 갖게 되었기 때문이다. 그의 책들이 나온 후 십여 년 동안 우리가 얼마만큼 그의 인물들과 닮게 되었는지, 또 얼마나 많은 예언들이 우리의 피와 정신 속에서 실현되었는지 아무도 측량할 수는 없다. 하지만 그가 처음 발을 내디딘 신대륙은 이미 우리의 땅이 되었을 것이며, 그가 극복한 한계는 우리의 안전한 고향이 되어 있을 것이다.

그는 우리가 체험한 궁극적 진리로부터 영원한 것을 예언자처럼 우리에게 열어 보였다. 그는 인간의 깊은 심연에 새로운 척도를 수여했다. 그 이전의 어느 누구도 영혼불멸의 신비에 대해 그렇게 많이 알지 못했다. 그러나 놀라운 것은 그가 우리를 위해 지식을 넓혀준 것도 사실이지만, 그보다 우리는 그의 인식에서 삶을 마법적인 어떤 것으로 느끼는 겸허하고 고귀한 감정을 결코 잊지 못한다는 점이다. 우리가 그를 통해 더 많이 알게 되었다는 것은 우리를 더 자유롭게 하는 것이 아니라 오히려 속박할 뿐이다. 그 이유는 현대인들이 번개를 전기현상 및 대기의 긴장과 폭발로 인식하고 명명한 이후라 해도 그 이전의 세대처럼 번개를 여전히 강력하게 느끼기 때문이다. 그리고 인간들에게서 영혼의 메커니즘에 대한 인식이 더 높아졌다 해도 인간에 대한 경외심은 줄어들지 않았기 때문이다.

영혼에 관해 개별적인 것들을 상세히 우리에게 알려준 위대한 분석가, 감정의 해부학자인 도스토옙스키야말로 우리 시대의 그 어떤 작가들보다 더 심원하고 보편적인 세계감정을 우리에게 심어주었다. 그 이전의 어느 누구보다 깊이 있게 인간을 알았던 그는 어느 누구보다 그를 창조한 파악할 수 없는 것에 대해 경외심을 지니고 있었다. 도스토옙스키는 신성한 것, 신에 대해 경외심을 지니고 있었다.

신에 대한 고뇌

신은 평생 나를 괴롭혔다.
ㅡ도스토옙스키

"신은 존재하는가, 존재하지 않는가?" 이반 카라마
조프는 그 무서운 대화 사이에 자신의 분신인 악마에
게 이렇게 묻는다. 방문객인 악마는 미소 짓는다. 그
는 서둘러 대답하지 않는다. 고뇌에 찬 한 인간의 가
장 어려운 물음에 답하려 하지 않는다. 이반은 이제
"아주 완강한 태도로" 분노를 터트리며 악마에게 달
려든다. 실존의 가장 중요한 물음에 악마가 대답해야
만 할 차례인 것이다. 그러나 악마는 초조한 마음만
을 한층 부추길 뿐이다. "나는 모르겠는데" 하며 악마
는 절망에 빠진 자에게 대답한다. 악마는 오직 인간
을 괴롭히려고 신에 대한 질문에 대답하지 않는 것이

며, 신에 대한 고통을 맛보도록 이반을 내버려둔다.

도스토옙스키 본인이 신에 대한 고뇌를 앓은 마지막 사람이 아니다. 그의 모든 인물들은 신에 대해 질문을 던지고도 대답하지 않는 악마를 내면에 가지고 있다. 물론 신에 대한 고뇌의 질문으로 괴로워할 수 있는 "고귀한 마음"은 모두에게 주어져 있다. 인간이 된 악마 스타브로긴은 갑자기 "신을 믿으시오" 하며 겸손한 샤토프를 향해 호통을 친다. 그의 물음은 날카로운 비수처럼 그의 심장을 찌른다. 샤토프는 비틀거리며 돌아선다. 그의 몸은 떨고 있고, 얼굴은 창백해진다. 그도 그럴 것이 도스토옙스키 작품에서 순박하고 솔직한 자들은 바로 이 마지막 고백 앞에서 떨지 않을 수 없기 때문이다(도스토옙스키 자신도 경외심으로 두려워하면서 신앙고백 앞에서 몸을 떨었다). 이어서 스타브르긴이 점점 더 그를 압박하자, 그는 창백한 입술로 더듬거리며 핑계를 댄다. "나는 러시아를 믿소." 실제로 그는 오직 러시아를 위해 신에게 귀의한다.

이 숨은 신은 도스토옙스키의 모든 작품에서 문제가 된다. 그의 신은 우리 내부 및 외부의 신이자 그의 각성을 반추한다. 수많은 민중들을 일깨운 순수 러시아인, 가장 위대하고 본질적인 러시아인으로서 그에게 신과 불멸에 대한 물음은 그의 정의대로 "삶에서 가장 중요한 것"이었다. 그의 인물들 가운데 누구도 이 물음을 피할 수 없다. 이 물음은 때로는 그들의 전방에서, 때로는 회한처럼 그들의 배후에서 맴돌면서 행위의 그림자로서 뿌리를 내린다. 그들은 이 물음에서 달아날 수 없는데, 이를 부인하려고 시도한 유일한 자는 사상의 끔찍한 순교자 키릴로프였다. 그는 《악령》에서 신을 죽이기 위해 자신을 죽일 수밖에 없었다. 그럼으로써 다른 사람들보다 더 열정적으로 자신의 실존과 불가피성을 증명한다.

사람들이 얼마나 신에 대해 말하는 것을 피하려 하는지, 얼마나 신을 회피하고 기피하는지 그의 대화에 주목해 보라. 사람들은 기꺼이 영국소설의 "가벼운 이야깃거리"에 몰입하거나 저속한 대화로 하층에 머무르고 싶어 한다. 그들은 신체의 특성이나 여자, 시스틴의 성모 및 유럽에 대해 담소하지만, 신에 대한 물음의 엄청난 무게는 모든 주제와 항상 연관되게 마련이다. 이 때문에 결국 주제는 매번 마법의 유희처럼 불가해한 것으로 이끌려 들어간다. 도스토옙스키의 경우 논쟁은 매번 러시아의 사상 또는 신의 사상으로 끝난다. 그리고 우리는 이 두 이념이 그에게는 동일한 것임을 알고 있다. 러시아인이나 그의 작중인물들 모두가 그들의 감정 및 사상에 있어서도 태만한 자세로 멈춰 설 수 없다. 언제나 그들은 실용적이고 실제적인 것으로부터 추상적인 것, 유한한 것에서 무한한 것으로 종결될 수밖에 없는데, 그 모든 물음의 끝은 신에 대한 물음인 것이다.

신에 대한 물음은 가차 없이 자체의 이념들을 자기 내부로 끌어들이는 내면의 소용돌이와 같다. 그것은 살 속에서 화농하는 골편骨片처럼 영혼을 열기로 채운다. 그렇다, 영혼을 뜨거운 열기로 채우는 것이다. 이유인즉 신(도스토옙스키의 신)은 모든 불안의 원칙이기 때문이다. 신은 대립의 근원이고, 동시에 긍정이자 부정이기 때문이다. 신은 늙은 장인들의 그림이나 신비주의자들의 글에 표현된 것과는 달리, 구름 위의 부드러운 부유이자 조용한 축복의 고양된 상태이다. 그의 신은 원초적 대립의 전기적 양극 사이에서 불꽃을 내는 섬광으로, 이 신은 본질이 아니라 하나의 상태, 그것도 긴장 상태인 것이다.

그 신은 도스토옙스키의 인물들처럼 어떤 힘든 일도 못하고, 사상도 창출하지 못하고, 헌신에도 만족하지 못하는 불만족스런 신이다. 그 신은 영원히 도달할 수 없는 존재이며, 가장 쓰라린 고통이다. 그랬기에 도스토옙스키의 가슴 한가운데서 "신은 평생 나를 괴롭혔다"는 카릴로프의 외침이 터져 나온다. 그것이 도스토옙스키의 신비이다. 그는 신을 필요로 하지만 신을 찾지 못한다. 때때로 그는 신의 소리를 듣는다고 생각하는데, 그러면 벌써 황홀감에 사로잡힌다. 이때 그의 부정의 욕구가 솟구쳐 올라 다시 그를 만류한다. 신에 대한 욕구를 그보다 더 강하게 인식한 사람은 없다.

언젠가 그는 이렇게 말했다. "신은 우리가 늘 사랑할 수 있는 유일한 존재이기 때문에 내게 필연적이다." 또 언젠가는 "우리 인간을 굴복하게 하는 어떤 것을 발견하는 것보다 더 끊임없고 고통스런 두려움은 없다"고 말한 바 있다. 그는 60년 동안 신에 대한 고통으로 고뇌했고, 그의 모든 고통처럼 신을 사랑했다. 그는 그 무엇보다 신을 더 사랑했는데, 이유인즉 신은 온갖 고통 가운데 가장 영원한 고통이고, 고통을 사랑하는 것은 그의 존재의 가장 깊은 사상을 의미했기 때문이다. 그는 60년 동안 신과 맞서 싸웠으며, 비를 기다리는 "메마른 잔디"처럼 신에 대한 믿음을 갈망했다. 영원히 분열된 것은 하나의 통합을, 영원히 쫓기는 자는 휴식을 얻고자 한다. 마찬가지로 열정의 급류를 통해 영원히 움직이는 자, 그 지류를 흘러가는 자는 바다라는 출구와 평온에 이르고자 한다. 이 때문에 그는 신을 위안으로 꿈꾸었고, 오로지 피어오르는 불로서 신을 찾았다.

도스토옙스키는 신에게 몰입하기 위해 정신적으로 순박한 사람들처럼 스스로 아주 작아지길 원했다. 그런가 하면 "10푸드 체중의 상인 아내"처럼 맹신할 수 있기를 원했고, 신자가 되기 위해 최고의 지식인, 현자가 되는 것도 포기하려 했다. "부디 제게 단순하게 해 주세요"라고 베를렌이 간청했듯, 그도 단순해지려고 노력했다. 두뇌를 감정 속에 태워서 이를 둔중하게 신의 평온 속으로 흘러가게 하는 것이 그의 꿈이었다. 아, 얼마나 신을 향해 손을 내뻗었던가! 격렬하게 날뛰고, 열망하고 절규하면서 신을 붙잡기 위해 논리의 작살까지 던지지 않았던가! 그는 신에게 무모하기 짝이 없는 증명의 덫까지 놓기도 했다. 그의 열정은 화살처럼 신을 쏘아 맞추려고 했고, 신을 향한 갈망은 사랑이었다. 아니, 그것은 거의 무례에 가까운 열정, 발작, 충일이었다.

하지만 그렇게 그가 광적으로 믿고자 했다고 믿음이 생긴 것일까? 정교 및 정교회의 가장 설득력 있는 옹호자 도스토옙스키가 진실한 신앙의 고백자였던

가? 아주 잠깐 그는 경련으로 몸을 떨면서 신에게 몰입했던 게 사실이다. 당시 그는 현세에서는 거부한 조화를 얻게 되고, 분열의 십자가를 짊어진 그리스도로서 유일무이의 천국에서 부활한다. 그럼에도 그 어떤 것이 아직도 그의 내부에 깨어 있어서 영혼의 불길로도 녹아버리지 않는다. 그는 한편으로 종교적 도취상태에 완전히 빠져 있는 것처럼 보인다. 그러나 다른 한편으로는 무서운 분석정신이 의심스럽게 잠복한 채 자신이 가라앉을 바다를 측량하고 있다. 신의 문제에서도 역시 치유불능의 균열이 입을 크게 벌린다. 이런 면은 우리 모두에게 내재되어 있지만, 이제까지 어떤 사람도 도스토옙스키만큼 심연의 폭을 이토록 넓히지는 못했다.

그는 영적인 면에서 극단적 무신론자들 가운데 가장 믿음이 확고한 자이다. 그는 그의 인물들을 통해 두 형식의 가장 양극적인 가능성을 확실하게 (스스로는 확신하지도 결단을 내리지도 않은 채) 묘사했다. 이렇게 표출되는 양극성이란 신에게 헌신하려는 겸허함 내지 신에게 용해되려는 티끌 같은 자세와 다른 한편으로는 스스로 신이 되려는 엄청난 극단적 태도이다. 다음의 표명은 그의 이런 면모를 잘 나타낸다. "신의 존재를 인식하는 것, 동시에 인간은 신이 되지 못한다는 것을 인식하는 것은 인간을 자살로 내모는 것과 같이 터무니없는 짓이다." 그의 마음은 신의 충복이자 신의 거부자라는 양극을 오간다. 《카라마조프》에서는 알료샤와 이반의 관계가 그러하다. 그는 그의 작품들을 쓰는 과정에서도 결단을 내리지 못하고 신앙고백자와 이단자 사이에 머무른다. 그의 믿음은 세계의 양극인 긍정과 부정 사이에서 격렬하게 동요한다. 신의 면전에서도 도스토옙스키는 통합의 당당한 배척자인 것이다.

이렇게 그는 인식의 정점에서 영원히 돌을 굴리는 시시포스, 다시 말해 결코 도달하지 못하는 신을 향해 영원히 노력하는 자로 남는다. 그러나 나는 정말 착각하지 않는다. 그는 인간들에게 신앙의 위대한 설교자가 아니었던가? 작품을 통해 신의 찬가가 울려 퍼지지 않았던가? 모든 사람들이 그의 정치적, 문학적 글들과 그의 필연성 및 실존을 하나같이 압도적으로, 의심의 여지없이 입증하고, 독실한 신앙심까지도 판결하지 않았던가? 또 그들은 무신론을 극단적인 범죄로 배척하지 않았는가? 그러나 여기서 의지를, 진리와 믿음을 믿음의 요구와 혼돈해서는 안 된다. 영원한 가치전도의 작가이자 대립의 현신인 도스토옙스키는 신앙을 필연성으로 설교하고, 자신은 믿지 않으면서도 신앙을 다른 사람에게 더욱 열렬히 전파한다(지속적이고 확실하며, 고요하고 신뢰할 만한 신앙의 의미에서 "정화된 감동"은 최고의 의무로 규정된다).

그는 한 여성에게 시베리아에 대해 이렇게 썼다. "저는 당신에게 제가 이 시대의 자식이자 불신과 의심의 자식이라고 말씀드리고 싶습니다. 아마 그럴 것입니다. 정말이지 저는 인생이 끝날 때까지 그렇게 남아 있을 것이라는 것을 분명히 알고 있습니다. 믿음에 대한 동경이 얼마나 저를 끔찍하게 괴롭혔고 지금도 괴롭히고 있는지 모릅니다. 제가 반박의 근거를 더 많이 가지면 가질수록 믿음에 대한 동경은 더욱더 강렬하게 살아납니다." 그는 믿음이 없어서 믿음을 갈망했노라고 분명하게 말하지는 않았다. 그런데 여기서 그의 숭고한 가치전도 가운데 하나를 확인할 수 있다. 즉 그는 믿지도 않으면서 신앙 없음의 고통을 가지고 있었기 때문에, 아니 그 자신의 말대로 고통을 항상 그 자체로 사랑하면서 다른 사람들에게 동정심을 가졌기 때문에, 자신은 믿지 않는 신에 대한 믿음을 다른 사람들에게 설교했던 것이다.

신으로 인해 고뇌하는 자는 신에 귀의한 인간을 소망하고, 고통스러워하면서 믿지 않는 자는 행복한 신자를 원한다. 믿음 없음의 십자가에 못 박힌 도스토옙스키는 민중에게 정교를 전파하면서 자신의 인식은 박해한다. 왜냐하면 자신의 인식이 민중의 가슴을 아프고 쓰라리게 하리라는 것을 알기 때문이다. 이제 그는 사람들에게 행복을 선사하는 거짓을 설교하고, 엄격하고 교과서 같은 농부의 믿음을 전파한다. "겨자씨만큼의 믿음도 없고", 오히려 신에게 대항했으며, 자신이 자랑한 것처럼 "유럽의 그 누구도 표현하지 못한 무신론을 가장 잘 표현한" 도스토옙스키는 이제 러시아 정교에 굴종할 것을 요구했다. 그 자신만이 몸으로 체험한 신앙의 고통에서 사람들을 보호하기 위해 그는 신의 사랑을 포고한다. 그는 다음과 같이 말한다. "믿음의 동요 내지 불안, 그것은 양심적인 인간에게는 목을 매달아 죽는 것이 더 나을 정도의 고통인 것이다."

정작 도스토옙스키 자신은 그 고통을 피하지 않았고, 순교자로서 회의를 받아들였다. 그렇지만 한없이 사랑하는 인간들을 그는 이 고통에서 풀어주려고 했다. 그랬기에 그는 교만하게 자신의 진리를 전파하는 대신에 믿음에 관해 겸허하게 거짓을 말한다. 그는 종교문제를 국가의 문제로 바꾸어 민중들에게 열광적인 신성을 갖도록 한다. 마치 그들의 충복처럼 자신의 솔직한 인생고백서에서 묻고 답한다. "여러분은 신을 믿습니까? 저는 러시아를 믿습니다." 러시아는 그의 도피처이자 핑계, 구원이었기 때문이다. 이때 그의 말은 더 이상 분열이 아니라 독단적 신조였다. 신은 그에게 침묵했고, 따라서 그는 자신과 양심의 중재자로서 또 하나의 그리스도, 새로운 인간의 예고자, 러시아의 그리스도를 스스로 창조한다. 그는 간절한 믿음에의 욕구를 현실 또는 시대로부터 불확실성을 향해 ―절도를 모르는 그는 오직 불확실성, 무한성에만 몰두할 수 있기에― 쏟아붓는다. 요컨대 러시아라는 거대한 이념, 자신의 믿음으로 가득 채운 그 말 속으로 쏟아붓는 것이다. 또 다른 요한네스인 그는 본 적도 없는 새로운 그리스도를 전파한다. 하지만 그의 이름, 러시아의 이름을 걸고 세상을 변호한다.

그의 이런 메시아적 글들 ―정치적 논설 및 《카라마조프》에 나오는 단편들― 은 우울하다. 이 새로운 그리스도의 얼굴, 새로운 구원 및 화해의 사상, 완고한 비잔틴적 용모와 엄격해 보이는 주름은 세상 사람 앞에 혼란스런 모습으로 부각된다. 까맣게 그을린 옛 조각상처럼 날카롭게 응시하는 낯선 두 눈은 우리를 바라본다. 그의 눈동자에는 무한한 열정이 깃들어 있지만 증오와 냉혹함도 서려 있다. 만일 도스토옙스키가 이 러시아 구원의 복음을 잃어버린 황야를 떠올리듯 우리 유럽인들에게 알린다면, 이는 그 자신에게도 무서운 일이다. 마치 징벌을 내리듯 비잔틴의 십자가를 손에 든 사악하고 광적인 중세의 사제, 종교적 광신자인 이 정치가는 이렇게 우리와 대립해 있다. 그는 부드러운 설교로 자신의 교리를 알리는 것이 아니라, 미치광이처럼 신비스런 경련을 일으키고, 악마처럼 분노를 터트리면서 무절제한 열정을 발산한다. 그는 곤봉으로 그 모든 항변을 묵살한다. 교만으로 무장한 이 열병환자는 증오의 눈을 번뜩이며 시대의 연단을 뒤엎는다. 입에는 거품을 물고, 떨리는 손으로 우리의 세계 위로 광란의 주술을 뿌린다.

광기의 우상파괴자인 도스토옙스키는 유럽문화의 성스러운 탑을 공격한다. 위대한 광란자인 그는 자신의 새로운 신, 러시아의 그리스도에게 길을 열어주기 위해 우리의 모든 이상을 짓밟는다. 그의 러시아 특유의 초조함은 어설픈 농담에 이를 정도로 끓어오른다. 유럽, 그것은 무엇인가? 아마도 유럽은 값비싼 무덤이 즐비한 교회의 묘지와도 같으리라. 하지만 거기에는 썩는 냄새가 코를 찌르고, 새싹을 키우기 위한 거름도 없어 보인다. 새로운 싹은 유일하게 러시아의 대지에서 꽃을 피우고 있다. 프랑스인은 허영심 많은 멍청이고, 독일인은 소시지나 생산하는 비천한 국민, 영국은 궤변을 파는 장사꾼, 유태인은 악취나 풍기는 건방진 자들이다. 가톨릭은 악마의 교리를 가지고 그리스도를 경멸하며, 신교는 궤변적 국가종교이다. 신교의 모든 것은 유일하게 참된 신앙인 러시아 교회에 대한 경멸의 형상이다. 교황은 3중 보관을 머리에 쓴 악마이고, 유럽의 도시는 바빌론이요 요한계시록의 창녀와 같다. 그들의 학문은 공허한 눈속임이다. 민주주의는 어리석은 두뇌에서 나온 쓰레기이며, 혁명은 바보들의 방종한 장난질이다. 평화주의, 그것은 노파의 잔소리이다.

유럽의 모든 이념은 꽃이 지거나 시든 꽃다발과

같아서 더러운 시궁창에 던져지기에 족하다. 러시아의 이념만이 유일하게 진실하고 위대하며 올바른 이념이다. 모든 항변을 단검으로 물리치는 광기의 허풍쟁이는 살인마처럼 날뛴다. "우리는 너희를 이해한다. 그러나 너희는 우리를 이해하지 못한다." 이제 도스토옙스키와 토론할 여지는 완전히 사라져 버렸다. 그는 당당하게 선언한다. "우리 러시아인들은 모든 것을 이해하는 사람들이다. 너희는 한계가 많은 자들이다." 러시아만이 올바르다. 러시아에는 모든 것, 황제와 학정, 교황과 농부, 삼두마차와 성상들이 있다. 러시아는 반유럽적, 아시아적, 몽고적, 타타르적일수록 더 옳다. 그리고 보수적, 퇴보적, 반진보적, 반정신적, 비잔틴적인 것보다 러시아는 더 옳다.

이 대단한 허풍쟁이는 얼마나 광적으로 날뛰었던가! 그는 "우리가 아시아인이라면, 우리가 사르마테 유목민이라면" 하고 환호성을 지른다. "유럽의 페테르부르크에서 모스크바로 돌아가 저 너머 시베리아로 향하자. 새로운 러시아는 제3제국이다." 신에 도취한 이 중세의 수도사는 이에 대한 토론을 참지 못한다. 이성을 물리쳐라! 러시아는 반박의 여지없이 인정되어야 할 절대 신조이다. "러시아는 이성이 아니라 믿음으로 이해되어야 한다." 이 믿음에 무릎을 꿇지 않는 자는 적이며 반기독교인이다. 그런 자에 맞서 십자군을! 십자군은 전쟁의 팡파르를 요란하게 울린다. 오스트리아는 짓밟히고, 터키의 반달깃발은 콘스탄티노플의 하기아 소피아에 의해 찢겨져야 한다. 독일은 굴복하고 영국이 승리해야 한다. 망상의 제국주의자는 수도사의 복장으로 거만함을 감추면서 "제발 그렇게 되기를" 하고 외친다. 신의 왕국을 위해 전 세계가 바야흐로 러시아의 편에 서고자 한다.

그러므로 러시아는 그리스도이자 새로운 구원자이고, 우리는 이단자인 셈이다. 죄의 연옥에서 배척된 자들인 우리를 구원해 줄 것은 아무것도 없다. 러시아인이 될 수 없는 우리는 원죄를 저지른 것이다. 우리의 세계는 이 새로운 제3제국 내에 자리 잡을 공간이 없다. 우선 우리 유럽은 러시아라는 세계, 새로운 신의 왕국에서 몰락해야 한다. 그러고 나서야 비로소 유럽은 구원받을 수 있다. 글자 그대로 도스토옙스키는 "인간은 누구나 우선 러시아인이 되어야 한다"고 말한 바 있다. 그제야 비로소 새로운 세계가 시작된다는 것이다. 러시아는 신을 가진 민족이다. 우선 러시아는 검으로 땅을 정복해야 하며, 그 이후에야 인류의 "마지막 말"을 하게 될 것이다. 이 마지막 말이 바로 도스토옙스키에게는 화해를 의미했다. 그가 볼 때 러시아의 천재성은 모든 것을 이해하고 모든 대립을 해소하는 능력에 있었다.

이 러시아인은 모든 것을 이해하는 사람이었고, 따라서 가장 좋은 의미로 너그러운 자였다. 그의 국가, 미래의 국가는 이제 형제처럼 지내는 공동체 형태이며, 종속 대신에 마음으로 통하는 교회가 될 것이다. 그런데 그의 말은 마치 다가올 전쟁에 대한 서곡처럼 들린다(전쟁의 발단은 그의 이념에 의해 조장되었고, 종전은 톨스토이의 이념에 의거한 것이었다). "우리는 개인이나 다른 국민의 억압을 통해 번영에 도달하는 것이 아니라, 반대로 모든 국민의 가장 자유롭고 독자적인 발전과 형제 같은 화합 속에서 번영을 추구한다는 점을 세계에 알리는 최초의 사람들이 될 것이다."

우랄 산맥 위에 영원한 빛이 떠오를 것이며, 알려는 정신이나 유럽의 문화도 아닌 소박한 민족이 어두운 대지의 신비와 결합된 힘으로 우리 세계를 구원할 것이다. 힘 대신에 실제적인 사랑, 개인의 싸움 대신에 인간적 감정이 있게 될 것이며, 새로운 러시아인의 그리스도는 대화합, 대립의 해소를 가져올 것이다. 호랑이와 양이 나란히 풀을 뜯고, 노루와 사자가 함께 할 것이다.—도스토옙스키가 대지 위에 우뚝 설 제3제국에 관해 말할 때, 그의 음성은 자기 믿음의 황홀경 속에서 얼마나 떨었던가! 모든 현실에 대해 가장 박식했던 그는 메시아의 꿈속에서 얼마나 놀라워했던가! 그는 러시아라는 낱말, 러시아라는 이념을 전제로 하여 대립의 화해이념인 그리스도를 꿈꾸었던 것이다. 그는 60년 내내 그의 삶과 예술에서, 신 자체에서 이 화해를 추구했으나 허사였다. 그러나 러시아란 어떤 나라인가? 현실적인 나라인가 아니면 신비로운 나라인가, 정치적인 나라인가 예언자적인 나라인가?

항상 그렇듯이 도스토옙스키는 이 두 가지 측면을 동시에 지닌다. 열정에서 논리를 요구하고, 독선에서 해명을 요구하는 것은 쓸모없는 일이다. 그의 메시아적 글들, 정치·문화적 작품에서 이 개념은 뒤죽박죽 어지럽게 뒤섞여 있다. 러시아는 때로는 그리스도이자 신이고, 때로는 피터 대제의 제국이거나 새로운 로마이다. 어느 때는 정신과 권력의 합일, 교황의 3중 보관 내지 황제의 왕관이다. 수도의 경우도 때로는 모스크바이고 콘스탄티노플, 때로는 새로운 예루살렘이다. 겸허한 인간적 이상은 권력 지향적 슬라브주의의 침략적 야심으로 완전히 바뀌고, 어쩌다 적중한 정치적 운명의 별자리는 환상적인 요한묵시록적 약속으로 바뀐다.

그는 간혹 러시아의 개념을 정치적 순간의 협로로 몰았고, 간혹 이를 무한한 것으로 끌어올렸다. ─여기서도 역시 예술작품에서처럼 물과 불, 리얼리즘과 환상의 혼합이 드러난다. 허풍쟁이인 그의 내면의 마성魔性은 그의 소설들에서도 어느 정도는 강요된 느낌이 있는데, 여기서 그는 몽롱한 경련 속에서 삶을 끝낸다. 그는 불타는 열정을 가지고 러시아를 세계 구원의 돌파구, 유일한 행복의 통로로 전파했다. 교만하고 창의적이며, 발전적, 유혹적, 매력적, 도취적인 유럽의 국가이념은 결코 세계이념이나 그의 책에 나오는 러시아 이념과는 비견되지 않는 것으로 치부된다. 황홀경에 흠뻑 빠진 러시아의 수도사, 거만한 풍자작가, 회의적 신앙고백자인 이 광신자는 거대한 형체의 비유기적 성장을 우선적으로 자기 종족에게 밝혀주었다. 하지만 그런 성장이야말로 그의 인격의 통일에 필수적 조건이었다.

도스토옙스키에게서 우리가 어떤 현상을 이해하지 못할 때에는 항상 그것의 필연성을 대립 속에서 찾아야만 한다. 우리는 잊어서는 안 된다. 그는 언제나 긍정과 부정, 자기소멸과 자기불손, 즉 극단까지 치닫는 대립으로 이해되어야 한다. 이 과장된 교만은 과장된 겸손의 반작용일 따름이고, 그의 고양된 민중의식은 그의 과열된 개인적 허무감의 극단적 감정일 따름이다. 그는 두 개의 절반, 자만과 겸손으로 분열된다. 그는 자신의 인격을 깎아내린다. 공허, 자만, 불손이라는 세 마디에 의거해서 그의 20권의 작품을 살펴보라! 거기에는 자기축소 및 구토, 탄원, 굴복만이 나타난다. 그리고 그가 자랑스럽게 소유하고 있는 모든 것을 그는 종족, 자기 민족의 이념에 쏟아붓는다. 그는 고립된 인격에 해당되는 모든 것을 파기하고, 전인적 러시아인으로서 개인적인 것을 넘어서는 모든 것을 신격화했다.

그는 신에 대한 회의로 인해 신의 전도사가 되었고, 자신에 대한 회의로 인해 민족과 인류의 예언자가 되었다. 이념적인 면에서도 그는 이념을 구원하기 위해 스스로 십자가에 못 박힌 순교자였다. "다른 사람들이 행복하기만 한다면 나 자신은 파멸해도 좋으리라." 그의 작중 인물 슈타레츠의 말을 그는 정신적인 것으로 승화시킨다. 그는 미래의 인간들에게서 부활하기 위해 스스로 파멸한다. 그렇기에 그의 이상은 자기 자신과는 달리 되는 것이고, 본래의 그와는 달리 느끼는 것이다. 평소의 생각과는 달리 생각하는 것이고, 본연의 삶과는 달리 사는 것이다. 새로운 인간이란 미세한 것까지도 모조리 자기 본래의 개인적 유형과 상반되어 있다. 이런 인간은 자기 본질의 그림자로부터 빠져나와 빛이 되고, 어둠으로부터 빠져나와 찬란한 광채가 된다. 요컨대 도스토옙스키는 자신에 대한 부정에서 새로운 인간을 위한 열정적 긍정을 창출해 낸다.

미래의 본질을 위한 그 자신의 전례 없는 윤리적 판결은 세세한 것에 이르기까지 계속되는데, 그것은 전인全人이 되기 위한 나라는 존재의 파괴였다. 그의 그림, 사진, 데스마스크를 집어서 그의 이상이 구현되어 있는 인물들의 그림, 예컨대 알료샤 카라마조프, 슈타레츠 소시마, 영주 미슈킨 옆에 놓아보라. 이 그림들은 그가 계획했던 구세주, 러시아의 그리스도를 위한 3장의 스케치이다. 이 그림들에서 가장 미세한 것에 이르도록 개개의 윤곽은 자신에 대한 대립 내지 대비를 반영한다. 도스토옙스키의 얼굴은 음울하고 신비와 어둠으로 가득 차 있다. 반면 그의 인물들의 표정은 밝고 평화롭다. 그의 목소리는 쉰 듯이 잠겨 있고 갈라졌지만, 그의 인물들의 목소리는 부드럽고 조용하다. 그의 검은 머리칼은 헝클어져 있고, 그의 눈은 깊고 불안하다. 반면에 그의 인물들의 해맑은 얼굴은 부드러운 머리카락으로 감싸져 있고, 그들의 빛나는 눈동자는 일말의 불안이나 두려움도 없다.

그는 자신의 인물들에 대해 강조하여 말한 바 있다. 그들은 똑바로 바라보며, 그들의 눈빛에는 천진하고 달콤한 미소가 있다는 것이다. 하지만 그의 가늘게 주름 잡힌 입술에는 냉소와 동시에 열정이 묻어나 보인다. 그 입술은 웃음을 터트릴 줄 모른다. 알료샤, 소시마에게는 자기 확신적 인간의 자유로운 미소가 하얀 치아 위에서 빛난다. 서슴없이 그는 자신의 그림을 부정하여 새로운 형태와 대립시킨다. 그의 얼굴은 속박된 인간, 사고에 짓눌리고 열정의 노예가 된 인간의 모습이다. 이에 반해 그의 인물들의 얼굴은 내적인 자유, 억압에 찌들지 않은 경쾌한 모습을 표출한다. 그는 분열된 이원론자이고, 그들은 조화와 통합의 인간들이다.

도스토옙스키는 자신 속에 유폐된 자아편향적 인간이고, 그의 인물들은 그의 본질의 모든 극단이 신으로 흘러들어 형성된 전인적 인간들이다. 자기파괴에서 비롯된 윤리적 이상의 창조, 그것은 정신과 윤리의 모든 영역에서 완벽하지는 못했다. 그는 자기 본질의 혈관을 칼로 자르듯 독선적으로 판단을 내렸고, 그 피로써 미래의 인간상을 그려냈다. 그는 여전히 열정적이고 광적으로 몸을 떠는 인간이었고, 호랑이처럼 날렵하게 도약하는 인간이었다. 그의 감동은 감관과 신경의 폭발로부터 타오르는 화염과도 같았다. 반면 그가 창조한 인물들은 부드럽지만 지속적으로 활동하는 순수 열정을 보여준다. 그들은 황홀의 거친 도약보다 더 멀리 효과를 미치는 조용한 끈기를 지니고 있다. 그들은 가소로움을 두려워하지 않는 순수 겸허함을 갖고 있다. 영원히 굴욕을 당하거나 모욕을 받는 자, 억압받는 자, 왜곡된 자들과는 근본적으로 다르다. 그들은 모든 사람들과 대화를 나눌 수 있고, 누구나 그들의 면전에서 안도감을 느낀다.—이런 점에서 도스토옙스키와는 딴판인데, 영원한 신경쇠약 증세 따위는 없으며, 이로 인해 남에게 상처를 입히거나 상처를 받지도 않는다. 그의 인물들은 걸을 때마다 의혹의 눈으로 주변을 둘러보지 않는다. 신은 이런 사람을 더 이상 괴롭히는 것이 아니라 만족시킨다. 그들은 모든 것을 알고 있다. 그러나 모든 것을 알고 있기에 모든 것을 이해하기도 한다. 그들은 판결하거나 재판하지도 않는다. 어떤 사물에 대해 몰두하는 법이 없고 감사하며 사물을 믿는다.

기이하게도 영원히 불안해하는 그는 단정하고 정제된 인간들에게서 삶의 최고형식을 본다. 분열의 인간 도스토옙스키는 최종적 이상으로서 조화를 요구하고, 굴복을 종용한다. 그의 신에 대한 고통은 그의 인물들에게서 신에 대한 기쁨이 되고, 그의 의구심은 확신이 된다. 그의 신경발작은 건강함, 그의 고뇌는 모든 것을 감싸 안는 행복이 된다. 그에게 최종적이고 가장 아름다운 것은 지적 인간임에도 불구하고 자신이 전혀 알지 못했던 것, 그래서 인간에게서 가장 숭고한 것으로 열망했던 것, 즉 순수함 내지 어린아이 같은 마음, 부드러움, 쾌활함 등이다. 그의 사랑스런 인물들이 걸어가는 모습을 보라. 그들의 입가에는 잔잔한 미소가 감돌고, 그들은 모든 것을 알고 있지만 자만하지 않는다. 그들은 불타는 협곡에서 살아가듯 삶의 비밀 속에서 사는 것이 아니라, 그들을 두른 천개天蓋를 열어젖히듯 삶의 비밀을 공개한다. 그들은 실존이라는 숙적을 갖고 있지만, "고통과 불안을 극복한다." 이 때문에 그들은 사물과의 무한한 친밀감 속에서 신의 축복을 받는다. 그들은 그들의 자아에 의해 구원받는다. 지상에서 살아가는 순박한 인간들의 최고 행복은 자아에서 벗어나는 비개인성이다.—이렇게 최고의 개인주의자인 도스토옙스키는 괴테의 지혜를 새로운 믿음으로 변화시켰다.

한 인간 내에서 도덕적 자기파괴를 보여주는 정신사는 전례가 없다. 이는 대립으로부터 풍부한 이상이 창출되는 것과 흡사하게 대단한 일이다. 자기 자신의 순교자 도스토옙스키는 십자가에 못 박혔다. 그것이 믿음을 입증한다는 그의 의식, 예술을 통해 새로운 인간을 창조한다는 그의 확신, 전체를 얻으려는 그의 개성도 십자가에 못 박혔다. 그는 자신의 파멸을 전형으로 보여줌으로써 행복하고 더 나은 인간이 생겨나는 발판을 마련했다. 그는 타인의 행복을 위해 모든 고통을 짊어졌다. 그리고 60년 동안이나 대립의 고통을 온몸으로 겪었던 그는 신과 삶의 의미를 찾기 위해 그의 본질의 모든 심층까지 파헤쳤다. 그는 새로운 인간을 위해 케케묵은 인식을 던져버렸다. 그는 이 인간들에게 그의 가장 깊은 비밀이자 도저히 잊을 수 없는 최종 형식으로서 "삶의 의미보다는 삶을 더 사랑하라"고 말한다.

삶의 승리

과거에도 그랬듯이 삶이란 아름다운 것이다.
−괴테

도스토옙스키의 심층으로 향하는 길은 얼마나 어둡고, 그가 보여준 풍경은 얼마나 음울한가! 삶의 온갖 고통으로 아로새겨진 그의 비극적 얼굴처럼 그의 무한성은 얼마나 고달프고 신비한가! 그의 가슴속 깊은 곳에 도사린 지옥, 영혼의 자줏빛 연옥, 현세의 손이 일찍이 감정의 지하세계로 떠밀었던 가장 깊은 협곡, 그것은 이 인간세계에서 얼마나 짙은 어둠이고, 이 어둠 속에서 얼마나 큰 고통인가! 아, "맨 밑바닥 껍질에 이르도록 눈물로 젖은" 그의 대지의 슬픔, 심연 속에 자리 잡은 지옥은 예언자 단테보다 더 음울하게 천 년 전에 그것을 인지하지 않았던가! 현세에서는 구원받지 못한 희생물, 자기 감정의 순교자는 정신의 무수한 채찍에 아파하고 무기력한 분노를 터트리며 거품을 흘린다.

아, 도스토옙스키의 세계란 대체 어떤 세계란 말인가! 그의 세계에서는 기쁨이란 기쁨은 모두 차단되고, 희망 또한 추방되고 없다. 고통에서 구제될 통로도 없고, 그의 희생물 주위로 무한히 높아만 가는 담장이 세워져 있다. ―어떤 연민도 그의 인물들, 이 희생물들을 심연에서 구원해 내지 못한단 말인가? 어떤 묵시록적 예언의 순간도 신적 인간이 고통을 빚어 창조한 이 지옥의 세계를 깨부술 수 없는가? 인류가 전혀 들어보지 못한 혼란과 탄식이 이 심연에서 흘러나온다. 이토록 작품 위로 어둠이 무겁게 깔려 있던 적은 없었다. 미켈란젤로의 형상조차도 그 슬픔은 약했다. 단테의 심연 위로는 천국의 행복한 빛이 비추었다. 그렇다면 도스토옙스키 작품 속에서의 삶은 정말 영원한 밤일 따름이고, 삶의 의미란 고통일까? 영혼은 떨면서 나락에 굴복하고는 형제들의 고통과 한탄소리를 듣기를 두려워한다.

하지만 이때 심연에서 들려오는 말은 혼잡 속에서 부드럽게, 그렇지만 비둘기 한 마리가 거친 바다 위로 날아오르듯 가볍게 떠오른다. "나의 친구여, 삶을 두려워하지 말게"라는 축복의 말은 부드럽고, 그 의미는 위대하다. 이어서 침묵이 흐르고, 심연은 무섭게 귀를 기울인다. 이때 목소리가 흘러나와 고통에 몸부림치는 자들 위에서 맴돈다. 누군가 다음과 같이 말하는 것이다. "고통을 통해서만 우리는 삶을 사랑하는 법을 배울 수 있습니다." 고통을 위로하는 이 말을 한 자는 누구인가? 어느 누구보다 열정적이었던 도스토옙스키 자신이었다. 벌린 양팔은 여전히 그의 분열의 십자가에 못 박혀 있고, 그의 상처 난 몸에는 고통의 못이 꽂혀 있다. 그러나 그는 이 실존의 십자가에 겸허하게 입을 맞춘다. 이웃을 향해 비밀을 말하는 입술은 부드럽다. "우리 모두 인생을 사랑하는 법을 배워야 한다고 저는 믿습니다."

그의 말이 끝나자 날이 새고 묵시록적 심판의 순간이 찾아온다. 무덤과 감옥이 열리는 것이다. 심연으로부터 죽은 자들, 갇힌 자들이 일어서고, 그들 모두가 그의 언어의 사도가 되기 위해 걸어 나온다. 그들은 자신들의 슬픔을 이기고 일어선 것이다. 그들은 쇠사슬 끄는 소리를 내며 감옥에서, 시베리아의 강제수용소에서 몰려나온다. 구석방, 창녀촌, 수도원에서도 몰려나온다. 그들 모두가 열정 때문에 크게 고통을 받는 자들이다. 아직도 그들 손에는 피가 달라붙어 있고, 채찍질 당한 등은 벌겋게 달아오른다. 아직도 그들에게는 분노와 고뇌가 잠복해 있으나, 탄식 소리는 그들의 입가에서 사라진 지 오래고, 그들이 흘린 눈물은 확신으로 빛난다. 아, 이교도 발람의 영원한 기적이여! 저주는 그들의 불타는 입술에서 축복이 되었다.

이는 그들이 "의심의 모든 연옥을 통해 들려오는" 거장의 찬미를 듣고 있었기 때문이다. 가장 암담한 자들은 최초의 사람들이고, 가장 슬픈 자들은 믿음

이 가장 두터운 사람들이다. 그들은 모두 이 말을 입
증하기 위해 몰려든다. 그리고 거칠고 고갈된 그들
의 강어귀로부터 고통의 찬가, 삶의 찬가가 거대한
합창이 되어 황홀경을 연출한다. 모든 순교자들은
인생을 찬양하기 위해 그 현장에 등장한다. 죄 없이
저주를 받은 드미트리 카라마조프는 양손이 쇠사슬
에 묶인 채 혼신의 힘으로 환호한다. "나 자신에게
'나는 존재한다'고 말할 수 있도록 나는 모든 고통을
극복할 것이다. 내가 고문대에서 몸을 구부릴 때면
나는 존재한다는 사실을 알게 된다. 갤리선에서 쇠
사슬에 묶였어도 나는 여전히 태양을 본다. 설령 태
양을 보지 못한다 해도 나는 살아 있고, 태양이 존재
한다는 것을 나는 알고 있다."

　이때 동생 이반은 그의 곁으로 다가가 이렇게 말
한다. "죽음보다 더 돌이킬 수 없는 불행은 없다." 그
러자 마치 광채처럼 실존의 환희가 그의 가슴속에
밀려든다. 신을 부인하는 그는 환호성을 지른다. "신
이여, 당신을 사랑합니다. 인생은 위대하기 때문입

니다." 임종의 자리에서 영원한 회의자인 스텐판 트로피모비치는 자리에서 일어나 두 손을 모으고 중얼거린다. "아, 다시 살아날 수 있다면 얼마나 좋을까. 그러면 매 순간 인간은 축복으로 가득 찰 텐데." 목소리들은 점점 밝고 깨끗해지고 점점 더 고양된다. 정신이 혼미해져 실려 온 미슈킨 영주는 두 팔을 벌리고 도취한 듯 말한다. "사람이 나무를 지나갈 때 그 나무가 있다는 것, 그 나무를 사랑한다는 것에 행복해 하지 않고 어떻게 나무 곁을 지나갈 수 있는지 나는 이해할 수 없다…. 삶의 매 걸음마다 저주받은 자까지도 놀라운 것으로 느끼는 일들이 얼마나 많은가." 스타레츠 소시마는 이렇게 설교한다. "신과 삶은 서로서로 저주의 대상이다…. 네가 모든 것을 사랑하게 되면, 모든 것 내부에 존재하는 신의 신비는 네게 밝혀질 것이다. 그러면 너는 결국 세상 전체를 포용하는 사랑으로 감싸 안게 될 것이다." "뒷골목 출신의 인간", 작고 소심한 무명의 인간조차도 낡은 외투를 입고 다가와 양팔을 벌린다. "인생은 아름

답고 고통 속에서만 의미가 있다오. 아, 삶은 얼마나 아름다운가!"

이 "우스꽝스런 인간"은 꿈에서 깨어나 "삶, 위대한 삶을 설파한다. 그들 모두가 벌레처럼 존재의 모서리에서 기어 나와서 합창으로 얘기를 나눈다. 죽고자 하는 자는 아무도 없다. 그 누구도 거룩하게 사랑받는 삶을 포기하려 하지 않는다. 고통이 아무리 깊어도 영원한 반대자인 죽음과 맞바꿀 정도는 아니다. 이제 절망의 어둠으로 휩싸인 이 지옥의 딱딱한 사방의 벽에서 갑자기 운명의 찬가가 울려 퍼지고, 연옥으로부터는 감사의 열렬한 불꽃이 타오른다. 빛, 무한한 빛이 흘러나오며 도스토옙스키의 하늘은 대지 위에 펼쳐지고, 그가 쓴 마지막 말은 모든 사람들의 머리 위에서 울려 퍼진다. 그 말은 큰 바위 곁에서 아이들이 소리치는, 성스럽고 야성적인 외침인 "삶이여 만세"이다.

아, 삶이여, 순교자인 당신이 지적 의지로 창조한 놀라운 삶이여, 그들은 창조자인 당신을 찬양하여 노래한다! 위대한 당신이 고뇌하며 복종했던 지혜롭고도 무자비한 삶이여, 그들은 당신의 승리를 선포하누나! 고뇌 속에서 신을 인식했기에 수천 년에 걸쳐 울려 퍼지는 수난자 욥의 영원한 절규, 그리고 불가마 속에서 육체가 타오르는 동안 부르던 다니엘과 친구들의 환희의 찬가, 당신은 그걸 다시 듣고자 하누나! 당신은 영원히 그의 몸, 타들어가는 숯에 불을 지핀다. 당신으로 인해 고통을 앓는 시인들, 그들은 그들의 혀로 당신에게 복종하며 내 사랑이라고 부른다. 당신은 음악의 의미에서 베토벤에게도 충격을 주었다. 귀머거리인 베토벤이 신의 목소리를 듣고, 죽음의 손길에 닿아 당신에게 환희의 송가를 작곡해줄 만큼 그렇게. 그런가 하면 당신은 렘브란트를 가난의 어둠 속으로 내몰았다. 거기서 그는 당신이 추구하는 원초의 광채를 색깔 속에서 찾으려 했다. 단테는 조국에서 추방되어 꿈속에서 지옥과 천국을 방황했다. 이 모든 것은 당신이 그들을 채찍으로 때려서 당신의 무한성으로 내몰았기 때문이다. 채찍에 맞은 사람들을 당신은 당신의 종으로 삼았다.

보라, 이제 그는 입에 거품을 물고 경련으로 쓰러지다가 당신을 향해 호산나를 부르며 찬송한다. "의심의 모든 연옥을 통과하라"는 성스러운 호산나가 들려온다. 당신이 고통을 알게 한 인간들 내면에서 당신은 승리했다. 어두운 밤에서 낮, 고통에서 사랑을 창조했고, 지옥에서 성스러운 찬송가를 가져왔다. 가장 열정적인 사람만이 모든 것을 아는 자이다. 당신을 아는 사람은 당신을 축복하지 않을 수 없다. 그런데 그분은 당신을 깊이 통찰했다. 보라, 그분은 어느 누구보다 당신을 입증했고, 어느 누구보다 당신을 사랑했던 것이다!

도스토옙스키